光文社文庫

文庫書下ろし／長編時代小説

心《しん》の一方

闇御庭番(五)

早見　俊

光　文　社

この作品は光文社文庫のために書下ろされました。

目次

公儀御庭番《こうぎおにわばん》は、八代将軍徳川吉宗《とくがわよしむね》が創設した将軍直属の情報機関。表向きは城中の清掃、警固などを役目としたが、実態は諸大名の動向や市中探索などの諜報《ちょうほう》活動をおこなう。

菅沼外記《すがぬまげき》は、御庭番の中でも一切表に出ない破壊活動「忍び御用」を役目とする一人であった。

十二代将軍家慶《いえよし》は、十一代家斉《いえなり》と側室お楽の方との間に、家斉の次男として生まれた。寺社奉行、大坂城代《じょうだい》、京都所司代《しょしだい》、西ノ丸老中《にしのまるろうじゅう》を歴任して老中首座《しゅざ》に登り詰めた水野《みずの》忠邦《ただくに》(越前守《えちぜんのかみ》、浜松藩主)を中心に、家斉の死後、「天保《てんぽう》の改革」を断行する。

水野の懐刀《ふところがたな》として、改革に反する者を取り締まったのは鳥居耀蔵《とりいようぞう》(甲斐守《かいのかみ》)。儒者林述斎《はやしじゅつさい》の三男として生まれ、旗本鳥居一学《いちがく》の養子となった。目付《めつけ》をへて南町奉行に就任。厳しい取り締まりのため、「妖怪《ようかい》(耀甲斐)」と恐れられた。

北
東
南
西
鐘ヶ淵
大橋
隅田村
三河島
田端
日暮里
駒込
千住道
小塚原
日本堤
隅田川
寺島村
谷中
金杉上町
新吉原
今戸町
山谷堀
今戸橋
聖天町
白山
千駄木
下谷
東叡山寛永寺
鷲神社
奥山
浅草寺
浅草花川戸町
小梅村
東本願寺
御薬園
根津権現
本郷
小石川
中堂
幡随院
広徳寺
阿部川町
吾妻橋
竹町ノ渡し
伝通院
不忍池
新堀川
田原町
三間町
並木町
駒形堂
菊坂町
池之端仲町
下谷広小路
御徒町
蔵前
春日町
湯島天神
水戸徳川家
牛込
森田町
御米蔵
神田川
神田明神
外神田
牛込御門
小石川御門
水道橋
筋違御門
練塀小路
天王町
浅草橋
柳橋
百本杭
御竹蔵
神楽坂
昌平橋
本所
番町
多町
和泉橋
柳原土手
藤代町
両国広小路
田安御門
俎板橋
雉子橋御門
一ツ橋御門
神田橋御門
内神田
今川橋
馬喰町
両国橋
回向院
市谷
相生町
竪川
薬研堀
清水御門
市谷御門
三河町
小伝馬町
大伝馬町
一ツ目之橋
二ツ目之橋
三ツ目之橋
本銀町
日本橋
新大橋
常盤橋御門
北町奉行所
室町
小名木川
万年橋
麹町
江戸城
江戸橋
霊巌寺
深川
半蔵御門
呉服橋御門
日本橋
南茅場町
仙台堀
西之御丸
南町奉行所
鍛冶橋御門
京橋
八丁堀
組屋敷
永代橋
富岡八幡宮
小松町
桜田御門
霊岸島
永田町
永代寺
赤坂御門
数寄屋橋御門
西本願寺
石川島
越中島調練場
山王日枝神社
新橋
築地
佃島
溜池
幸橋御門
汐留橋

江戸幕府と町奉行所の組織（江戸後期）

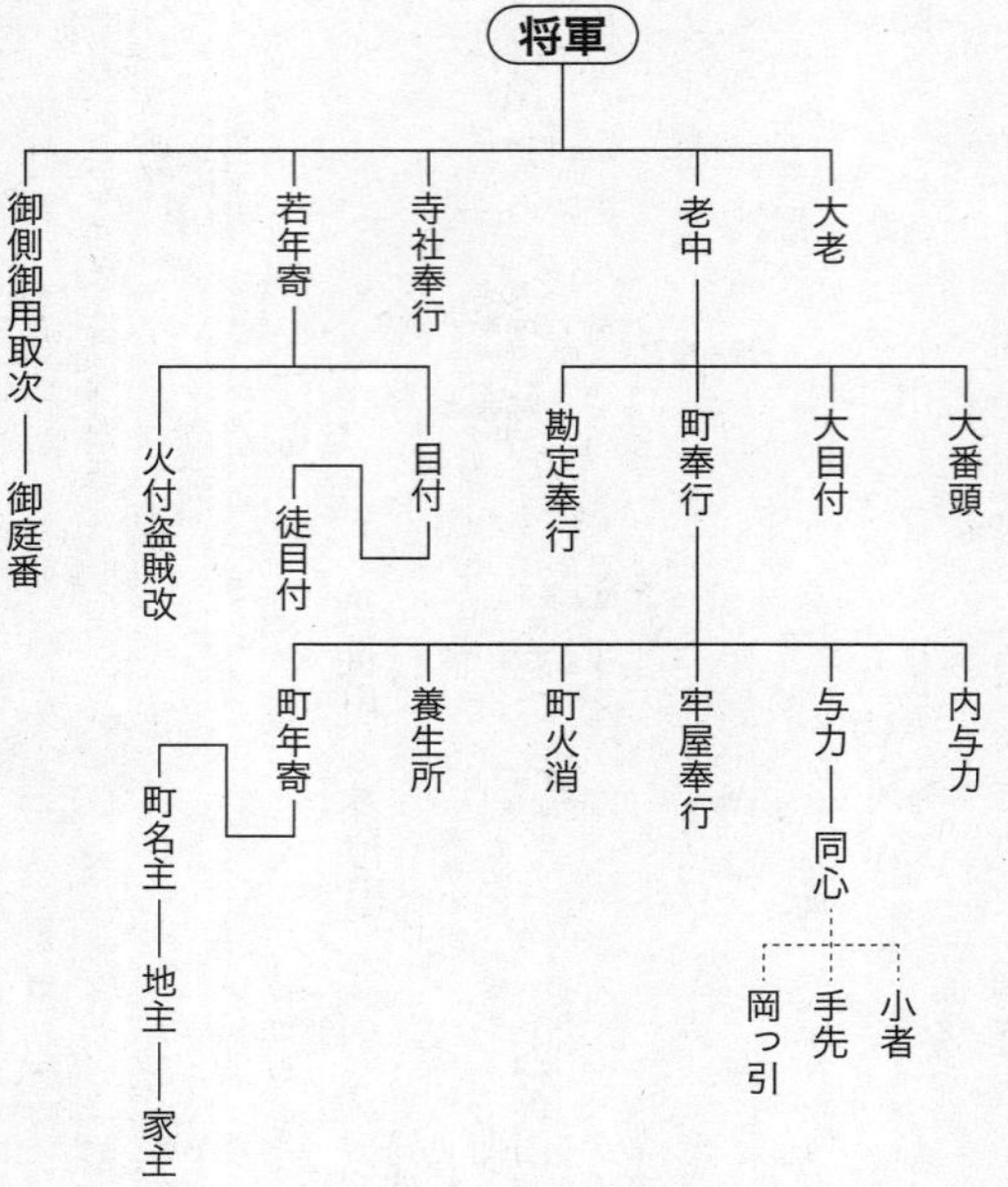

＊本図は江戸後期の幕府と町奉行所のおおまかな組織図。

＊幕府の支配体制は老中（政務担当）と若年寄（幕臣担当）の二系統からなる。最高職である老中は譜代大名三〜五名による月番制で、老中首座がこれを統括した。

＊町奉行は南北二つの奉行所による月番制で、江戸府内の武家・寺社を除く町方の行政・司法・警察をつかさどった。

＊小者、手先、岡っ引は役人には属さず、同心とは私的な従属関係にあった。

主な登場人物

菅沼外記（相州屋重吉）……十二代将軍家慶に仕える「闇御庭番」。

お勢……辰巳芸者と外記の間に生まれた娘。常磐津の師匠。

村山庵斎……俳諧師。外記配下の御庭番にして、信頼される右腕。

真中正助……相州浪人。居合師範代で、お勢の婿候補。

小峰春風……絵師。写実を得意とする。

義助……棒手振りの魚屋。錠前破りの名人。

一八……年齢不詳の幇間。

水野忠邦……老中首座。天保の改革を推進する。

鳥居耀蔵……水野忠邦の懐刀と目される南町奉行。「妖怪」とあだ名される。

藤岡伝十郎……南町奉行・鳥居耀蔵の内与力。

村垣与三郎……公儀御庭番。

美佐江……浅草・観生寺で手習いを教える。蘭学者・山口俊洋の妻。

ホンファ……香港から渡来。旅の唐人一座の花形だった可憐な女性。

江川太郎左衛門……韮山代官。伊豆国を中心とした幕府直轄領を管轄する。

第一話　老中襲撃

一

梅雨《つゆ》の最中《さなか》とあって連日の雨だ。

菅沼外記《すがぬまげき》は番傘を差し、浅草田圃《あさくさたんぼ》の畦道《あぜみち》を歩いていた。

と、複数人の足音が近づいてくる。

背後に注意を払いながら、歩調を乱すことなく進む。右手に、雑木林が雨に白く煙《けぶ》っている。

耳をそばだてる。ぱしゃぱしゃと泥濘《ぬかるみ》を撥《は》ねる足音からすると十人はいそうだ。

素知らぬ態《てい》で外記は歩き続け、雑木林が右手に迫ったところでさっと足を踏み入れた。

直後、足音が乱れたのがわかった。構わず、雑木林に入ると番傘を閉じ、木の幹に立てかけた。

番傘を放り投げ、男たちが乱入してきた。

素早く視線を向ける。その数、十一人。いずれも、侍《さむらい》、そして浪人《ろうにん》のようだ。

数人が外記の背後に回る。

「物盗《ものと》り目的なら見当外《はず》れだぞ。貴殿《きでん》ら同様、浪々《ろうろう》の身とあって大金は持ち合わせておらん」

目鼻立ちが整った柔和《にゅうわ》な顔、総髪《そうはつ》に結《ゆ》った髪は白髪が混じっているものの、豊かに波打ち肩に垂れている。小柄《こがら》だががっしりとした身体を黒小袖《くろこそで》に包み、裁着《たっつ》け袴《ばかま》を穿《は》いて大小を落とし差しにしていた。五十を超えているが動作に無駄がなく、若々しい。

「つかぬことをお尋《たず》ね致す。貴殿、芥川源丞《あくたがわげんじょう》どのではござらぬか」

一人が一歩前に出た。浪人たちの頭目《とうもく》のようだ。

「人違いでござるな。わしは芥川何某《なにがし》ではない」

外記は去ろうとした。

しかし、浪人たちは道をあけない。

「蕎麦《そば》屋で我らの話に耳を傾《かたむ》けておったではないか」

頭目が言った。

確かに浅草寺裏《せんそうじうら》の蕎麦屋で浪人たちはひそひそ話をしていた。衝立《ついたて》の陰で蕎麦を食べていた外記は注意を払っていたわけではないが、

「まあ、水野《みずの》を襲うとか大塩一味《おおしおいちみ》を騙《かた》るとかは耳に入ったがな」

答えながら外記は口から小刻みに息を吸い、ゆっくりと吐き出す。

頭目は仲間を見て、

「芥川ではなさそうだが、ここまで聞かれたからには……斬るか」

仲間はやむなしと意見を一致させた。

その間、呼吸を繰り返し、外記の体内に血潮《ちしお》が駆け巡った。丹田《たんでん》に気が蓄積《ちくせき》され気力が溢《あふ》れる。双眸《そうぼう》から鋭い輝きが放たれ、頰は紅潮《こうちょう》した。

頭目が目配《めくば》せした。

背後から二人が斬り込んできた。

素早く振り返り、

「でやあ！」

外記は右手を広げて突き出した。

雨に降り込められた雑木林の中に陽炎《かげろう》が立ち上る。

陽炎に包まれた二人は揺らぎ、相撲《すもう》取《と》りに張り手を食らった如《ごと》く後方へ吹き飛んだ。

二人がぶち当たった竹は大きくしなった。

「その技《わざ》、やはり、芥川源丞ではないか」

頭目が声を裏返らせた。

「違う。芥川とは何者だ」

外記は問い返す。

「その髪、その妖術《ようじゅつ》……芥川であろう」

「くどい。わしは芥川などではない。その芥川なる者、貴様らの仇《かたき》なのだな」

「……邪魔者だ」

「何者なのだ」

「貴様《きさま》が芥川ではないとしたら、関わりないことだ」

「刃《やいば》を向けておいてそれはないだろう」

外記の言葉を無視し、男は他の者たちを促《うなが》すと去っていった。

「待て……」

このままで気が収まるはずはない。

後を追うべく雑木林を出た。しかし、既《すで》に一行は姿を消していた。

「馬鹿どもが、人違いなどしおって」

降り込める雨が不快感を助長させる。

それにしても芥川源丞とは何者だ。

髪型と妖術から自分と間違えたと言っていた。芥川も総髪で気送術《きそうじゅつ》を使うのか。

「まさか……」

総髪はともかく、菅沼流気送術を駆使《くし》できる者が存在するとは思えない。釈然《しゃくぜん》としないまま外記は雑木林に戻り、番傘を手にした。

全身、ずぶ濡《ぬ》れだ。

今年の梅雨はひときわ雨が降る。恵みの雨となればよいが、見知らぬ浪人たちの襲撃に、騒乱の前触《まえぶ》れとも思える。

彼らが話していた水野とは、老中《ろうじゅう》水野越前守忠邦《えちぜんのかみただくに》のことであろう。大塩とは五年前に大坂《おおさか》で乱を起こした大塩平八郎《へいはちろう》に違いない。

雨天同様、外記の胸にも暗雲がたれ込めた。

二

明くる日、天保《てんぽう》十三年（一八四二）の五月十九日の朝、外記は自宅でくつろいでいた。橋場《はしば》鏡《かがみ》ケ池《がいけ》を見下ろす小高い丘の上にある住まいは、二百坪《つぼ》ほどの敷地に生垣《いけがき》が巡り、庭に大きな杉の木が二本植《う》えられている。元は商人の寮《りょう》で、母屋は藁葺《わらぶ》き屋根の百姓家のたたずまいを見せていた。

梅雨の晴れ間、日輪《にちりん》の光が降り注ぎ、久しぶりの青空と庭の木々の緑が目に沁《し》みる。庭では猫と見間違うほどの小さな黒犬も尻尾《しっぽ》を振って日光を全身で味わっていた。

飼い犬ばつである。

五月晴《さつきば》れ、ばつが庭を駆け回るのを見ていると、正体不明の浪人たちとの争いで波立った心が和《なご》んでゆく。

すると、

「くず〜い。くず〜い」

木戸門で紙屑《かみくず》屋の声がした。

「屑屋さん、頼むよ」

外記は縁側に座り、日向《ひなた》ぼっこをしていた。紙屑屋は、「へ〜い」と良く通る声を放ち、庭を横切って来た。

「失礼します」

紙屑屋は頬被《かぶ》りを外した。

村垣与三郎《むらがきよさぶろう》、公儀御庭番《こうぎおにわばん》である。御庭番家の正統な血筋を継ぐ。祖父は勘定奉行《かんじょうぶぎょう》を務めたほどに優《すぐ》れた男で、村垣自身、周囲から大きな期待を寄せられている。

また、将軍家慶《いえよし》も村垣の誠実な人柄を愛し、家慶直属の闇御庭番となった外記との繋《つな》ぎ役にした。繋ぎ役にしたのは、単に連絡業務を行わせるに留《とど》まらず、外記から探索術を学べという意図もあってのことだ。

「どうぞ、上がってくだされ」

座敷に誘《いざな》った。与三郎は軽く一礼すると、縁側に上がり座敷に入った。ばつは庭を駆け回った。

一通りの挨拶《あいさつ》をしてから、

「上《うえ》さまが危惧《きぐ》されておられることがございます」

与三郎は切り出した。

外記は居住まいを正した。

「外記どのも耳にしておられましょう。大塩一味あるいは大塩味方を騙り、救民《きゅうみん》の旗を掲《かか》げた者たちによる打ち壊しが起きておること」

「存じております。深川《ふかがわ》と本所《ほんじょ》で五軒の米屋が襲われたとか」

「大塩平八郎の乱の直後には大塩一味と称して、打ち壊しを行う者たちが全国各地に出没したそうですが、あれから五年も経ち、しかも大坂ではなく、江戸で騒ぎが起きるとは。読売《よみうり》のせいでしょう」

読売を非難するように与三郎は渋面《じゅうめん》を作った。好き勝手、根も葉もないことを見聞きした如く、いや、それならまだしも、大袈裟《おおげさ》に面白おかしく書き立てるのが読売とはいえ、与三郎が不快感を示すように、大塩騒動を取り上げた記事の内容は度を超えている。

「大塩が帰って来るという記事ですな」

外記の言葉に与三郎は渋面を深め、

「大塩がオロシャから帰って来るなどと、読売とは申せ、いい加減にも程があります」

外記もその読売は目にしていた。

大塩は乱の直後、ロシアに逃れ、皇帝に仕《つか》えるさる貴族に匿《かくま》われていたのだが、近々、幕府に通商を求めるロシア船に乗り、救民のため江戸にやって来る、と書き立てているのだ。実際、大塩憤死《ふんし》の日、天保八年（一八三七）三月二十七日から、大塩は生きている、大塩は清国《しん》に渡った、いや、房総沖《ぼうそうおき》に停泊《ていはく》していたアメリカの船に乗り込んだ、などという噂《うわさ》が面白おかしく流布《るふ》した。その噂の一つに、日本海を北上し蝦夷地《えぞち》からロシアに渡ったという法螺《ほら》話もあったのだ。

大塩平八郎、大坂東町奉行所の元与力《よりき》にして高名な陽明学者《ようめいがくしゃ》であった。救民の旗を掲げて蜂起《ほうき》したのは五年前の二月十九日である。反乱は半日で鎮定《ちんてい》されたが、幕閣《ばっかく》に与えた衝撃は大きかった。下級役人とはいえ幕臣が幕府の政治を批判し、白昼堂々と叛旗を翻したのである。大坂の町の五分の一が焼失した経済的な損失も大きかった。

「当時、今は亡き大御所家斉《おおごしょいえなり》さまがご隠居なされ、上さまが本丸《ほんまる》に移られることが決まり、その祝賀のために大坂から大量の米が江戸に送られました。その頃、大坂は米不足で米価が高騰《こうとう》、米屋への打ち壊しが起きていた最中とあって、大塩は御公儀の備蓄米《びちくまい》を町人に提供するよう東町奉行であった跡部山城守《あとべやましろのかみ》さまに再三に亘《わた》って嘆願《たんがん》したとか。跡部さまは聞き入れず、江戸に回してしまわれた。そのことが大塩の叛旗を翻す引き金になったと、上さまは気に病《や》んでおられるのです」

「こたびの大塩一味を騙った騒動を耳にされ、上さまは五年前の反乱が思い出されて、今回の騒動も放ってはおけないと気に病んでおられるのですな」

優しげな家慶の面差《おもざ》しに憂鬱《ゆううつ》な影が差している様が外記の脳裏《のうり》に浮かんだ。

与三郎は続けた。

「大塩の乱については、当時、こんな噂があったそうです。乱を起こす前、大塩は御公儀のさる要人の依頼で探索を行っていたそうです」

「ほう……どのような」

「大坂の商人と組み、不正無尽《ふせいむじん》に手を染《そ》めておる者が幕閣の中におる、ついては実態を探索せよ、という依頼だったとか。しかも、その要人は大塩が不正無尽を明らかにしたなら、自分が不正無尽に関与した者たちの弾劾《だんがい》に及ぶ、そして幕閣が一新された暁《あかつき》には、大塩を御公儀の然《しか》るべき職に推挙《すいきょ》すると約束したそうです」

無尽とは親《おや》と称する発起人が仲間を集めて講《こう》を形成し、一口定額の掛け金を一定期間出し合い、うち誰かが掛け金の総額を受け取る金融の仕組みである。初回は親が、二回目以降は講の中で抽選で選ばれた者や、利息額を入札して最も高かった者が落札する。ひとたび落札したら以後落札する権利はなく、掛け金のみを出し、全員が落札したらその講は解散する。金銭を融通し合うための無尽の歴史は古く、鎌倉《かまくら》時代に遡《さかのぼ》り、江戸時代に最も盛んとなった。

無尽自体は不正ではないのだが、大塩が探索した不正無尽では入札に際して富《とみ》くじが行われていた。

「無尽の入札の富くじとは……はて、どのような無尽であったのですか」

外記の問いかけに、

「では、具体的な例を挙げてお話し申し上げます」

与三郎は懐紙《かいし》を取り出し、矢立ての筆を使って説明を始めた。

「くれぐれもご内密にお願い致します」

釘を刺してから相模荻野山中藩主《さがみおぎのやまなかはんしゅ》で奏者番《そうしゃばん》などを務めた大久保出雲守教孝《おおくぼいずものかみのりたか》の例だと前置

きをした。

　大久保出雲守の無尽には二百七十人が参加した。年三回三年に亘って、九回の集会が開催された。一回の掛け金は各自一両《りょう》、

「すると、九回で二千四百三十両という金子《きんす》が集まります」

　与三郎は筆を走らせた。

　外記がうなずくのを確かめてから、

「通常の無尽ですと、この二千四百三十両が講中に公平に分配されるのですが、この講ではくじが行われたのです」

　と、与三郎は懐紙に金額を書いてゆく。

　一等二十三両が二本、二等十二両が二本、三等五両が一本、四等二両が二十五本、九回で二百七十本の当たりくじが出る仕組みを整えた。

「一見しますと、二百七十人全てに当たる公平な仕組みに見えますね」

　与三郎は数字を書き終えてから言った。

「まさしく……と申したいところですが、それですと一回に支払われる金額は百二十五両、九回ですと千百二十五両、総額二千四百三十両の半分程ですな」

　素早く計算した外記に与三郎は感心してから、

「差額は親の懐《ふところ》に入るという仕組みです。掛け金よりもずいぶんと高額の配当が当たると釣り込んでの不正無尽だったわけです」

なるほど、この手法を取れば講の参加者さえ集まればがっぽりと稼《かせ》ぐことができる。将軍のお膝元の江戸ではなく、大坂であれば幕府の目も届きにくい。大坂の商人に講を形成させ、資金を提供させれば儲《もう》かること間違いなしだ。幕閣に身を置く者なら千両、二千両は提供できる。幕閣の間で不正無尽に手を出した者が複数いても不思議はない。

実際、五年前に外記も不正無尽の噂は耳にした。御庭番に探索の命《めい》が下るかと待ち構えたが、一向に探索命令は発せられず、不正無尽の噂はうやむやになった。まさか、大塩が探索を任されていたとは意外である。

大塩に探索させた要人は誰だろう。

まだ将軍職にあった家斉や、当時は将軍世子《せいし》であった家慶ではあるまい。家斉か家慶なら御庭番に命ずるはずである。すると、老中、若年寄《わかどしより》、大坂城代《じょうだい》の誰かであろうか。大塩が大坂東町奉行所の元与力であったことからして、大坂城代を務めた者なら大塩と接触があった可能性があり、大塩の敏腕《びんわん》ぶりを買ってもいたのではないか。

外記は口を挟《はさ》まず、与三郎に話の続きを促した。

「大塩は不正無尽の実態を調べ上げ、密書《みっしょ》にしたためて江戸に送ったそうです。ところが、その要人には密書は届かず、理不尽にも箱根《はこね》山中に捨てられていたとか」

ここで外記は疑問を口に出した。

「大塩が密書を江戸に送ったということは、要人は大塩が乱を起こした当時は江戸におられたということですな」

与三郎はうなずき、

「箱根山中に捨てられていたのを韮山代官江川太郎左衛門《にらやまだいかんえがわたろうざえもん》どのが発見しました。江川どのは、山賊《さんぞく》が金目の物が入っていると踏んで飛脚《ひきやく》から奪ったものの、中身は文《ふみ》ばかりであったため捨てたのだろうと推察なさいました。

それで、密書なのですが、只《ただ》ならぬ重大事を伝えておったそうです。何しろ、当時の老中、若年寄、寺社《じしゃ》奉行、側用人《そばようにん》の多くが不正無尽に手を染めておったのです。事が大きくなり過ぎ、全員を処罰しては御公儀の屋台骨《やたいぼね》が大きく揺らぎ、政《まつりごと》に支障をきたすと判断され、不正は追及されることなくうやむやの内に済まされました」

「大塩が乱を起こしたのには、米価高騰騒ぎばかりか、せっかく調べ上げた幕閣の不正無尽がうやむやにされた不満も大いにあったのですな」

「上さまは、今回の大塩を騙った騒動の火種は五年前の不正無尽問題にあるのではないかと危惧しておられます」

「大塩に探索を命じた要人が騒動の黒幕であると、お疑いなのですか」

「決め付けてはおられませんが……」

「そうだとしましても、五年も経ってから、どうして蒸し返すのでしょうな」

「わかりません」

「そもそも要人とはどなたであったのでしょう」

「さて、それもわかりません」

答えてから、外記どのの興味を煽《あお》っておいて、肝心な事を答えられず申し訳ないと言い添えた。

大塩は学者だけあって、相当に筆まめであったそうだ。密書には詳細に亘って不正無尽の実態が記してあったらしい。

「ところが、最近になって、新たに密書が見つかったのです」

密書は五年前同様、箱根山中で見つかった。江川太郎左衛門が代官を務める韮山代官所の手代《てだい》が見つけたそうだ。嵐《あらし》で土砂崩れが起き、代官所で被害状況を確認した際に洞窟《どうくつ》の中から発見されたそうだ。

その密書は江川から将軍家慶に送られた。

「持参しております」

与三郎は密書を示した。

箱根の山中で五年に亘って雨風にさらされたとあって読めない箇所がある。読み取れる文面には、不正無尽探索の実態を書面だけではなく、平山助次郎《ひらやますけじろう》を江戸に下向《げこう》させ、評定所《ひょうじょうしょ》で証言させるとあった。不正無尽探索を命じた要人に宛《あ》てた文のようだが、要人の名前は泥にまみれて読み取れない。ただ、筆跡《ひっせき》からして、大塩が書いた密書に違いないと確認された。

「平山助次郎とは大塩を裏切った男ですな」

平山助次郎は大塩の塾、洗心洞《せんしんどう》の門弟《もんてい》であったが、大塩が決起する前日、大塩の企《くわだ》てに加わるのが怖くなり、大坂東町奉行所に密告に及んだ。この密告により、大坂東、西町奉行所は態勢を整えたため、半日で鎮圧《ちんあつ》できたのである。平山は江戸で取り調べられ、乱の翌年、自害して果てた。取り調べでどのようなことが語られたのかは不明だ。ひょっとすると、大塩が弾劾しようとした不正無尽の実態、不正無尽に手を染めた幕閣の名が明らかになり、平山は口封じされたとも考えられる。

「平山も死んで、大塩に探索を命じた要人が誰だったかわからず仕舞いだったのですな」

外記は顎《あご》を掻いた。

「今回の大塩騒動、新たに見つかった密書が関係しているのでしょうか」

与三郎の問いかけに、

「わかりませぬが、密書の存在が世間に知られれば、読売の格好のネタになりますな」

「大塩が生きているなどは滑稽《こっけい》としましても、今後、大塩一味を称する一揆《いっき》騒ぎ、打ち壊し騒ぎが激化する恐れがあります」

「そのことを上さまはご心配になっておられるのですね」

外記の言葉に与三郎は深くうなずいた。

「上さまは今回見つかった大塩の密書の宛名、すなわち、大塩に探索を命じた要人が明らかになれば、騒ぎも収まるのではないかとお考えでございます。外記どの、探索をお願い致します」

与三郎は背筋を伸ばし一礼した。

外記も居住まいを正し、

「承知しました」

と引き受けた。

将軍家慶の密命を伝え終え、与三郎は話題を変えた。

「ところで、上さまより、外記どののお手柄を聞きました」

「ほう……なんでしょうかな」

「中野石翁《なかのせきおう》失脚の工作です」

「ああ、あれですか」

外記は苦笑を浮かべてしまった。

中野石翁とは、元公儀御小納戸頭取《おこなんどとうどり》中野石翁である。石翁は、養女お美代《みよ》の方を大奥へ送り、先代将軍家斉の側室とした。お美代の方は数多《あまた》いる側室の中でも特別の寵愛《ちょうあい》を受けた。石翁は家斉のお美代の方への寵愛をいいことに、大いなる権勢《けんせい》を誇《ほこ》った。大奥出入りの御用達《ごようたし》商人の選定はもとより、幕閣の人事にまで影響力を持った。

傾いた幕府財政を建て直すべく改革を行おうとする家慶と老中首座水野越前守忠邦にとって、既得権益の上に胡坐《あぐら》をかく石翁は大きな障害だった。そこで、外記に石翁失脚の忍び御用が下されたのだ。

外記の働きにより、石翁は失脚した。外記は石翁邸に潜入、石翁の印判《いんばん》を白紙に捺《お》し、偽書《ぎしょ》を作成した。それは石翁がお美代の方に宛てた文という体裁を取っていた。お美代の方の産んだ娘の嫁《とつ》ぎ先加賀前田《かがまえだ》家の嫡男慶寧《ちゃくなんよしやす》を、十三代将軍にするよう家斉にねだれという内容であった。この偽書を使い、当時目付《めつけ》であった鳥居耀蔵《とりいようぞう》が石翁を弾劾《だんがい》したのである。

石翁失脚後、水野は口封じとばかりに外記暗殺を謀《はか》った。外記は間一髪《かんいっぱつ》逃れたが、表向き死んだことになり、家慶によって、自分の命だけを遂行《すいこう》する御庭番、つまり、「闇御庭番」に任じられた。

改革は必要であるが、行き過ぎは庶民を苦しめるばかりだ。外記は水野や懐刀《ふところがたな》である公儀目付鳥居耀蔵の行き過ぎた政策に、お灸《きゅう》を据える役割を遂行することになったのである。

中野石翁失脚工作の成功が、「闇御庭番」菅沼外記を生んだのだった。

「何故《なにゆえ》、上さまが外記どのの中野石翁失脚工作を話題にされたかと申しますと、先日、石翁どのが亡くなったのです」

石翁は逼塞《ひっそく》先の屋敷で息を引き取ったそうだ。葬儀は身内だけでひっそりと行われた。往時には猟官《りょうかん》運動の旗本、大奥出入りを願う商人が門前市を成した人物とは思えない寂しさだったという。

世の掌《てのひら》返しは常のこととはいえ、栄枯盛衰《えいこせいすい》を思わせる。

「驕《おご》る平家は久しからず、ですね。お美代の方さまは西の丸にあって押込中《おしこめ》とあって、葬儀に出ることも許されなかったとか。御法度《ごはっと》とは申せ、水野さまは冷たいと大奥では陰口が叩かれております。お美代の方さまは、昨年には実父日啓《にっけい》さまも不幸なことになりましたから、さぞや気を落としておられることでしょう」

感慨深そうに与三郎は空を見上げた。

昨年の十月、日蓮宗中山法華経寺《にちれんしゅうなかやまほけきょうじ》の子院智泉院《しいんちせんいん》の住持《じゅうじ》日啓が女犯《にょぼん》の罪で、寺社奉行阿部正弘《あべまさひろ》に捕縛《ほばく》された。

日啓はお美代の方の実父であった。お美代の方の肩入れで智泉院が将軍祈禱所《きとうしょ》となったのをいいことに、日啓と配下の僧侶《そうりょ》たちは加持《かじ》祈禱を名目に、大奥の奥女中たちと情事を楽しむようになった。将軍以外、男子禁制の大奥に奉公する奥女中たちが、将軍の側室の実父の手引きにより、仏道に身を捧げるべき僧侶たちと淫行《いんこう》に及んでいたなど、まさしく大奥を揺るがす醜聞《しゅうぶん》であった。その噂は以前より流れていたのだが、日啓がお美代の方の実父とあって幕府は見過ごしていたのだ。

それが、中野石翁失脚、お美代の方も押込となり、日啓への遠慮が無用となって、阿部正弘による摘発《てきはつ》となったのだ。

阿部は大奥には一切、手をつけず、日啓と僧侶たちのみを処罰し、智泉院を破却《はきゃく》して落着させた。日啓は遠島《えんとう》に処せられた。

阿部に智泉院を摘発させたのが水野忠邦であるとは、公然の秘密だ。

実父が遠島、養父が死去、身から出た錆《さび》とはいえ、お美代の方はさぞや無念で悲しい思いをしているであろう。西の丸で押込にされ、失意の日々を送っているのか、それとも水野や鳥居への憎悪に身を焦《こ》がしているのであろうか。

外記も役目であったとはいえ、複雑な思いに駆られた。

与三郎は表情を和らげた。ぼつのほうを向き、餌《えさ》を与えている。ぼつも与三郎に慣れ、うれしそうに尻尾を振っている。外記もうれしげにそれを見ていた。

「大塩平八郎、いかなる男であったのでしょう」

ふと、与三郎は漏らした。

「わたしもじかに言葉を交《か》わしたわけではないので、確かなことは申せませぬが、世間で知られるところでは、高名な陽明学者であったそうですな。大勢の門人を持ち、陽明学が標榜《ひょうぼう》する知行合一《ちこうごういつ》を理念としていたと聞いております。与力としても敏腕であったとか。敏腕ゆえ、不正無尽探索を命じられたのでしょう」

外記の言葉に与三郎は深々とうなずいた。

「大塩の亡霊《ぼうれい》が徘徊《はいかい》し始めたということは、それだけ世の中に不満の声が高まっているということでしょうな」

外記はそう言うと立ち上がった。

与三郎も深刻な顔となり、帰って行った。

入れ替わるようにして娘のお勢《せい》がやって来た。

地味な弁慶縞《べんけいじま》の小袖に黒地の帯、島田髷《しまだまげ》に結った髪も朱《しゅ》の玉簪《たまかんざし》を挿《さ》しているだけであるが、常磐津《ときわず》の師匠を生業《なりわい》とし、辰巳芸者《たつみげいしゃ》であった母、お志摩《しま》の血がそうさせるのか、きびきびとした所作の中に匂い立つような色気を放っている。はっきりと整いすぎた目鼻立ちが勝気な性格を窺《うかが》わせもした。

お勢は十歳まで母の家で育った。十歳の時、お志摩は病《やまい》で死に、外記に引き取られる。以後は武家屋敷で暮らしたため、武家言葉と町人言葉が入り交じっている。

「父上、真中《まなか》さん、うまくやっているんでしょうかね」

真中正助《しょうすけ》は外記配下の御庭番の一人、外記は特別に目をかけ、自分の後継者にしようと考えている。目下、気送術を会得《えとく》すべく、高尾山《たかおさん》に籠《こ》もっている。

「真面目《まじめ》な男だからな」

「ほんと、真面目が着物を着て歩いているようだわよ」

くすりとお勢は笑った。

「それだけ、真剣に取りくんでおるのは感心なことではあるな」

「会得できるかしらね……」

案ずるようにお勢は遠くを見る目をした。

「心配なのか」

「心配ってほどじゃないけどね、ほら、三味線《しゃみせん》の稽古もそうだけど、あんまり根《こん》を詰めてやると、うまくいかないからね」

「気になるなら、様子を見に行ってはどうだ」

外記の提案に、

「真中さん、迷惑がるわよ」

お勢は首を左右に振った。

「真中のことだ。おまえが申す通り、一心不乱に修行を積むあまり、思い悩んでおるかもしれん。息抜きも必要だ」

外記に勧《すす》められ、

「そうね、どうせ暇《ひま》だし、行ってこようか」

お勢はばつを抱き上げ頭を撫でた。

「ああ、頼む。わしも真中の様子が知りたい」

外記は大きく伸びをしてから、

「さて、出かけるか」

「美佐江《みさえ》さんのところですか」

からかうようにお勢は語りかけた。

「違う……」

顔をしかめ、外記は返した。

「おや、行かないのですか」

「庵斎《あんさい》に用事がある。観生寺《かんしようじ》は庵斎の家の途中ゆえ、立ち寄るかもしれんが、行くと決めておるわけではない」

外記は曖昧《あいまい》に誤魔化《ごまか》した。

観生寺とは浅草寺の裏手、浅草田圃にある浄土宗《じようどしゆう》の寺院で、美佐江はそこで子供たちに手習いを指導している。そして、美佐江は外記の亡《な》き愛妾《あいしよう》、つまりお勢の母、お志摩と瓜二《うりふた》つであった。

三

やはり、観生寺に来てしまった。

江戸市中を散策する際には、扮装《ふんそう》し、小間物問屋《こまものどんや》相州屋《そうしゅうや》の隠居、重吉《じゅうきち》になっている。地味な小袖に袖なし羽織を重ね、宗匠頭巾《そうしょうずきん》、顎には白い付け髭《ひげ》だ。背中をやや曲げ、杖《つえ》をつきながら歩けば、どこから見てもご隠居さんである。

五月晴れを楽しもうという参詣者《さんけいしゃ》が境内《けいだい》に見られる。彼らは紫《むらさき》の花を咲かせる紫陽花《あじさい》を愛《め》でていた。

本堂では大勢の子供たちが天神机《てんじんづくえ》を並べている。指導に当たっている美佐江は、蘭学者《らんがくしゃ》山口俊洋《やまぐちしゅんよう》の妻である。俊洋は高野長英《たかのちょうえい》、渡辺崋山《わたなべかざん》らが参加した尚歯会《しょうしかい》に属していた。

尚歯会は三年前の天保十年（一八三九）、目付であった当時の鳥居耀蔵に御禁制の海外渡航を企てているという根も葉もない濡れ衣を着せられ、解散させられた。世に言う「蛮社《ばんしゃ》の獄《ごく》」である。

小関三英《こせきさんえい》は捕らえられる前に自害し、渡辺崋山は蟄居《ちつきょ》中に切腹、高野長英は小伝馬町《こでんまちょう》の牢屋敷《ろうやしき》に永牢のままである。美佐江の夫俊洋は高野と共に小伝馬町の牢屋敷に入牢している。

本堂で美佐江が習字を教えている。ホンファも子供たちと一緒に習字をしていた。

ホンファの父は香港《ホンコン》で貿易業を営《いとな》んでいた。しかし、阿片《アヘン》戦争の最中、阿片を密輸しようとする日本の博徒《ばくと》たちに家族、奉公人ともども殺された。ホンファは博徒らを追って日本に渡来《とらい》、旅芸人の唐人《とうじん》一座に紛《まぎ》れて江戸にやって来た。外記たちと知り合い、香港へ帰るまで美佐江を手伝い、観生寺に匿われている。

可憐《かれん》で明朗《めいろう》、子供好きなホンファは言葉の違いを超えて子供たちに溶け込んでいる。

子供たちはきゃっきゃと騒ぎながら筆を使っていたが、男の子の筆が、隣で一生懸命習字をしている女の子の頬に墨をつけてしまった。

女の子は怒り、男の子に墨をつけ返す。たちまちにして争いになってしまった。

「やめなさい」

美佐江が止めに入ったが、子供たちは収まらない。他の子供たちも二人を取り巻いて騒ぎ始めた。

すると、ホンファが二人に微笑《ほほえ》みかけ、筆を持つと、自分の両目を囲むように丸を書き、鼻の頭に墨を塗った。

次いで、顔を歪《ゆが》め、おどけた仕草で踊り始めた。釣られるように女の子も踊る。目を尖《とが》らせていた男の子も笑い出した。喧嘩《けんか》は静まり和やかな雰囲気が醸《かも》し出された。

ホンファの機転でどうにか収まった。

外記はホンファが日本の暮らしに溶け込んでいるのがうれしい反面、本当にそれがホンファの幸せなのだろうかという疑問も感じ、複雑な思いに駆られた。

と、境内に八丁堀同心《はっちょうぼり》の姿がある。南町奉行所の犬山恭介《いぬやまきょうすけ》である。犬山はじっとホンファの様子を窺っていた。

外記は危機感を覚えたが、しばらく様子を見るしかない。

犬山はホンファが清国から渡って来たと感づいているのだろう。

しかし、すぐに捕まえる気はないようだ。

犬山の狙いがどこにあるのか、それがわからないうちは下手に動くのは得策ではない。

外記はしばらく様子を見ることにした。


本堂に上がり、美佐江と談笑した。

丸髷《まるまげ》に結った髪には外記が贈った紅色《べにいろ》の玉簪を挿し、萌黄《もえぎ》色の小袖に薄い朱色の袴《はかま》が楚々《そそ》とした佇《たたず》まいで、人妻の色香を漂《ただよ》わせている。凛《りん》とした面差しが武家の妻の貞淑《ていしゅく》を伝えてもいた。

世間話に興《きょう》じる内に、

「ご隠居さま、ご存じですか。大塩平八郎さまが生きておられるそうですよ」

冗談とも本気ともつかない様子で美佐江は言った。

「世の中、口さがない者どもが多うございます。読売は野次馬《やじうま》の思いを叶えるよう、話を面白く書かないといけませんから、そうした法螺話も平気で書き立てるのでしょう」

外記はにんまりとした。

「そうですわね。大塩さまが生きておられるなど、ありえませんわ」

「美佐江どの、大塩さまに特別な思いがございますか」

「主人が洗心洞で学んだことがあるのです」

「山口俊洋どのが……。それで、失礼ながら大塩さまとはどのようなお方であられましたか」

大塩平八郎への好奇心が募った。

「大変な学徒《がくと》であられ、陽明学の教え、知行合一を常に口にしておられたそうです」

「乱を起こした時、山口どのは何か申しておられましたか。あ、いや、お答えにくいとあれば……、いささか、ぶしつけな問いかけをしてしまいましたな」

外記は遠慮したが、

「いえ、話しにくくはありません。夫はいつかこうなるのではないかと思っていたと、申しておりました」

「山口どのは予想しておられたと」

「予想ではございません。大塩さまのお考え、ご気性《きしょう》を思えば、叛旗を翻したと聞いても驚きはなかったそうなのです。大塩さまは大変に激しやすいご気性だったそうです。ご自分の考えを曲げることはなく、議論になると口角泡《こうかくあわ》を飛ばさんばかりの勢いで相手を論破するまで止《や》めなかったとか。ですから、主人はいつかこのようなことになるのではと」

「かりに、側におられたなら、諫《いさ》められたのですかな」

「それはかなわぬでしょう。申しましたように、大塩さまはこうと決めたら、誰も止めることなどできませんでした。まこと、大塩さまは、意志堅固《いしけんご》と申しますか……」

「一徹者《いってつもの》ということですか」

外記が言うと、美佐江は力なくうなずいた。

「そういえば、江川太郎左衛門さまが、大塩さまについて妙なことを申されたのです」

美佐江はあれこれと大塩について思い出したようである。

「どんなことですか」

期待を込めて外記は問いかけた。

「江川さまは、大塩さまはオロシャへ行かれたと」

「オロシャへ」

「そうです。オロシャです」

「では、今、読売が書き立てていることは満更《まんざら》、根も葉もない作り話ではないのですな。すると、どうして江川さまは大塩さまがオロシャへ行ったなどと申されたのですか」

「理由は存じません。江川さまは幅広いお付き合いがおありですから、大塩さまがオロシャへ逃亡なさったと、どなたかからお聞きになったのかもしれませんね」

外記はそれ以上は大塩の話題を続けずに話を引っ込めた。

境内を見る。

ホンファが子供たちと一緒に遊んでいる。

まこと微笑ましい光景であるが、その光景に犬山が影を落としているのだ。

「美佐江どの、ホンファはすっかり馴染《なじ》んでおりますが、ちと心配なことがあります」

外記は犬山のことを話した。

「それは、心配ですね」

「町奉行所の同心はよほどのことがない限り、寺に踏み込むことはできませんから、すぐにどうこうということはないとは思いますが」

外記は言った。

「ですが、安心できませんね」

美佐江が返した。

「確かに、犬山は油断のならぬ男です。少しでも隙《すき》を見せたら、それを狡猾《こうかつ》な手法で利用します」

外記はくれぐれも気をつけてくださいと、注意をした。

「ご隠居さま、ありがとうございます」

美佐江の笑顔に見送られ、外記は観生寺を後にした。

観生寺を出ると浅草寺に足を進め、やがて風雷神門《ふうらいじんもん》を出ると浅草田原町《たわらまち》三丁目にある村《むら》山《やま》庵斎の家にやって来た。

醤油《しょうゆ》問屋万代屋吉兵衛《ばんだいやきちべえ》が家主である長屋に独り住まいをしている。長屋の敷地には二階建長屋が二棟、棟割《むねわり》長屋が一棟建っている。

木戸を入り、路地を歩くと女房たちとすれ違った。会釈《えしゃく》を交わし、二階建長屋の一軒の前に立ち止まる。

「俳諧指南《はいかいしなん》、村山庵斎」

という立て看板を見ながら、

「入るぞ」

と、声をかけてから引き戸を開けた。

庵斎は短冊《たんざく》を片手に俳句を捻《ひね》っていた。

外記の顔を見ると、文机《ふづくえ》に短冊と筆を置き向き直った。

村山庵斎、表向き俳諧師を生業としている。歳は外記より五歳上の五十五歳。焦げ茶色の宗匠頭巾を被り、黒の十徳《じっとく》、袴に身を包んでいる。口と顎に豊かな白い髭を蓄《たくわ》え、柔和な目をしている。外記とは四十年以上のつき合いで、言ってみれば右腕といえる男だ。

外記は俳句を記した短冊を取り上げると、声に出し、読み上げた。

「世直しは大潮《おおしお》に乗ってやってくる、か。なるほど、大塩平八郎を詠《よ》んだのだな。しかし、これは俳諧ではなく川柳《せんりゅう》だな」

「まあ、そうですがな」

庵斎は顎髭を撫でた。

「実はな、その大塩平八郎騒動を上さまが危惧しておられる」

「ほう、そうですか」

庵斎は興味を示した。

「これをな」

大塩の密書を示した。

庵斎はほうと目を細めながら密書を読み上げた。

「これは、大それたことが書いてあるようですが、肝心《かんじん》の宛名が読めませぬな」

庵斎は困った顔をした。

「そうなのだが、物は使いようでな、これを……」

外記はにんまりとした。

「わたしに偽造《ぎぞう》せよと、申されるのですな」

庵斎は楽しそうに微笑むと部屋の隅に置かれた小机を見た。

庵斎の七つ道具といえる小道具が並んでいる。色々な穂《ほ》の形をした筆、鉛筆、染料、くじらざし、向こうが透《す》けて見えるほどの薄い紙、天眼鏡《てんがんきよう》などである。庵斎はこれらを駆使して偽《にせ》の書類を作成する。

「もっともらしく体裁を整えてくれ」

外記は頼んだ。

「承知しました。いつまでに」

「いつ出来る」

「明後日の朝には」

庵斎は答えた。

それから再び密書の宛名に視線を注ぎ、

「これは、妙《みょう》ですな」

と、指摘した。

外記もうなずき、

「わしもおかしいと思った。この泥、新しいな」

「そうですな。本文の汚れ具合に比して、泥の色合いが黒々しておるように見えます」

「見つかった時には、宛名が読めたのかもしれぬな。それを泥を塗って隠した。見つけた手代がそうしたのであろうか。あるいは、江川太郎左衛門どのが命じたのか」

「宛名の主《ぬし》、すなわち、大塩に不正無尽に関与した幕閣を探索させた御公儀の要人を庇《かば》ってのことですな」

「江川どのが庇おうとした要人ということは……」

外記は思案するように虚空《こくう》を見た。

「大久保加賀守《おおくぼかがのかみ》さま……」

ふとした思いつきのように庵斎が言った。

手を打ち外記も、

「そうじゃ。大久保加賀守さまであろう」

と、応じた。

大久保加賀守とは譜代《ふだい》名門小田原藩主《おだわらはんしゅ》大久保家の当主である。現在の当主は忠愨《ただなお》、十四歳の幼君《ようくん》だ。大塩が乱を起こした時は先代忠真《ただざね》が藩主であった。忠真は大坂城代、京都所《しょ》司代《しだい》を経て老中となった。忠真は優れた人材を積極的に登用《とうよう》した。小田原藩の藩政改革に二宮尊徳《にのみやそんとく》を登用したことは有名で、幕政においても矢部定謙《やべさだのり》、川路聖謨《かわじとしあきら》、間宮林蔵《まみやりんぞう》などを見出した。大久保忠真ならば、大塩を幕府の然るべき役職に推挙することを約束したとしても不思議はない。

庵斎が、

「ひょっとして、大塩は江戸ではなく、小田原藩の国許《くにもと》に密書を送ったのかもしれませんな」

「おお、そうだ。そうかもしれんぞ」

要人は大久保忠真であったと外記には思えてきた。ふいに腹が減ったと気づいた。それを察したのか、

「蕎麦でも食べますか。近頃美味と評判の蕎麦屋があるのです」

庵斎は誘った。

「いいだろう」

外記は腰を上げた。

近所の蕎麦屋に入った。評判と聞いたが昼時を過ぎているためか、店内に客はまばらだ。もり蕎麦を頼み、外記は健啖《けんたん》ぶりを示した。五枚積み重ねた蒸籠《せいろ》を次々と片付けてゆく。なるほど、腰がありのど越しがよい。庵斎はそれを恨《うら》めしそうに見てから、

「一句、捻ろうと思いましたが、やめておきます」

と、茶を飲んだ。

「ところでな、昨日、妙な浪人たちの襲撃を受けた」

外記は昨日の襲撃を語った。

「何者でしょうな」

庵斎は俳句の代わりに首を捻った。

「わからん。ただ、わしが気送術を放った後にわしを芥川と呼びおった」

「芥川とは……」

「それが何者なのかわからんのだ」

「気送術を使う者なのでしょうか」

「気送術は菅沼家相伝の秘術だ。よもや、他に使える者がいるとは思えんがな」

「そうですな、気送術を使う者がおるとは思えませんん」

「芥川なる者、江戸におるということであろう」

「気送術と申せば、真中さんが高尾山に山籠もりをしているとか」

「生真面目《きまじめ》な男ゆえ、思いつめねばよいがな」

外記は湯呑みの茶を飲んだ。

四

明くる二十日は梅雨らしく、朝から雨が降っている。

登城《とじょう》する老中首座水野忠邦の行列が屋敷を出た。駕籠《かご》の中の水野は切れ長の目を瞑《つぶ》り、あれやこれや本日の段取りを思案している。

供《とも》の者たちはみな速足《はやあし》で移動している。このため、駕籠の中にあっても、泥や雨が撥ねる音が耳に届いてくる。

「鬱陶《うっとう》しい、ことよな」

梅雨とはいえ、雨の日はどうにもやりきれない。陰気な連中が多い中、雨が暗さを助長《ちょう》し、執務《しつむ》が滞《とどこお》る。

揺れの激しさが、老中になった頃は誇らしかった。老中の登城、下城の行列は迅速である。安易に訴訟《そしょう》を受け付けないためであるが、緊急時の対策でもあった。

すなわち、緊急の事態が出来《しゅったい》すると、急ぎ登城が必要となる。老中の駕籠が急いでいると知られれば、何か重大事が起きたのかと民心を惑《まど》わせる。

そこで、老中の駕籠はいつも迅速に登城、下城を行うのである。当然、駕籠は揺れる。

この揺れこそは、老中になった証《あかし》であった。

それも、年月を重ねて慣れてしまえば当たり前となり、今日のような雨の日は億劫《おっくう》に感じる。

すると、

「訴《うった》えの儀《ぎ》がございます」

「何卒《なにとぞ》、お取り上げを」

雨音をかき消す大音声《だいおんじょう》が聞こえ、駕籠が揺れた。

「ええい、下がれ」

「無礼者！」

家臣たちの甲走った声が駕籠訴《かごそ》の声に重なる。

何処《どこ》かの百姓たちであろうか。

訴状だけは受け取ってやろうかと水野は思った。気まぐれである。

「止めよ」

水野は駕籠に寄り添う家臣に声をかけた。

駕籠は止まった。

家臣が引き戸を開ける。訴人は百姓ではなく浪人であった。一人の浪人が訴状を差し出した。家臣がそれを受け取ろうとすると、

「大塩一味！」

「大塩味方！」

「水野越前守、民を苦しめたとがにより、天誅《てんちゅう》を加える」

浪人たちは叫び、家臣を斬り立てた。

そぼ降る雨の中、「救民」と記された旗がはためく。

「出せ！」

水野は引き戸を閉めた。

駕籠が浮き上がる。浪人たちの雄叫《おたけ》びと家臣たちの怒声、刃がぶつかる音が雨を切り裂いた。

水野の駕籠は少人数に守られ、江戸城の大手門《おおてもん》を目指し移動した。道の両側を埋め尽く

すほどに集まった見物人たちも突然の老中襲撃に驚きながらも、野次馬根性が勝《まさ》り、よく見ようと、往来《おうらい》の真ん中にまで足を踏み入れる者もいる。

家臣が退《ど》けと叫びたてるが、混乱を収めることはできない。

その内、他の登城行列と交錯《こうさく》してしまった。

とんだ失態である。

襲撃に泡を食った水野が登城行列を乱してしまった。幕政の中枢《ちゅうすう》を担う老中首座にあるまじき所業だ。

「ええい、どうなっておる」

閉じた引き戸越しに水野はがなり立てた。

「そ、それが……」

うろたえた声が返されるばかりで状況はわからない。

ええい、とばかり、右手に力を込めて引き戸を開ける。

「殿、危《あぶ》のうございます」

家臣は押し止《とど》めたが、

「黙れ」

雨に打たれるのも厭《いと》わず、水野は駕籠から出た。家臣が自分が被っていた笠《かさ》を取り、水野に差し出す。しかし、受け取らず、水野は渋面を作って周囲を見回した。家臣は番傘を差しかけようとしたが水野の険《けわ》しい目を見て、思い止《とど》まった。

城門前は混乱をきたしている。

進むも引くもできない。

水野は苦々しい顔のまま立ち尽くす。雨に降られて月代《さかやき》は乱れ、全身濡れ鼠《ねずみ》となってしまった。

すると、往来をうねる人の波が真っ二つに割れた。

その真ん中を男が歩いて来る。

雨で白く煙ったその男は、肩まで垂らした髪を総髪に結い、無精《ぶしよう》髭が伸びているが、凛としたたたずまいがある。地味な黒地木綿《もめん》の小袖に草《くさ》色の袴を穿き、大小を腰に落とし差しにしていた。袴に襞《ひだ》がなくなっているのは雨のせいではなく、着古したためであろう。

回国《かいこく》修行中の武芸者のようだ。

浪人は奇妙にも左手を前方に差し出し、ゆっくりと歩いて来る。更《さら》におかしなことに、彼が進むに従い、人々が自然と両側に分かれてゆく。

威圧《いあつ》しているわけでもなく、恫喝《どうかつ》もしていない。人々は恐怖に駆られたわけではなく、風に吹かれた落ち葉のように道の端へ遠ざかった。

啞然《あぜん》とする水野の眼前に男はやって来た。家臣たちが、水野の前に立ち塞《ふさ》がる。

「下がれ」

「狼藉者《ろうぜきもの》」

家臣たちは殺気立った。

浪人は聞く耳を持たず、歩みを止めない。

「ええい」

家臣たちが抜刀し、男に斬りかかったものの、刃は男をかすりもしない。雨で手元を誤ったわけではなく、刃は空《くう》を切っているのだ。

戸惑う家臣たちであったが、男に道を譲ってしまった。

ついに男は水野の前に立ち、

「水野越前守さま、拙者《せっしゃ》が道案内を致します」

言うや駕籠の前方に立った。

「殿、このような者に任せてはなりませぬ」

反対する家臣をよそに、

「さあ、方々、遅参《ちさん》致しますぞ」

男は左手を前方に突き出し進み始めた。

混乱を極めた往来に一筋の道が切り開かれた。

水野は駕籠に戻り、再び駕籠は前進した。

駕籠は順調に進んで大手門を潜《くぐ》った。城内に入ったところで、

「止めよ」

水野は駕籠を止めさせ男を呼び寄せようとした。しかし、男はいつの間にか姿を消していた。

「何者……」

水野は男に興味を覚えた。


その日、執務を終えた水野忠邦は鳥居耀蔵の訪問を受けた。

「水野さま、大塩一味を騙る狼藉者に襲撃されたそうにございますな。ただ今、逃げた者らの探索に当たらせております」

鳥居は言上《ごんじょう》した。突き出た額《ひたい》が汗に濡れ光っている。

「今朝のことばかりではない。このところ、大塩平八郎の門弟を騙る者が江戸を騒がしておる。そなた、いかに思う」

冷静に水野は問いかけた。

「大塩を騙り、政を混乱させようとしている者がおると考えます」

「何者じゃ」

「水野さまを政から遠ざけたいと思う者……」

「いかにも、わしを政から退《しりぞ》けたいと思う者が疑わしかろうが、そのような者は大勢おるからのう」

水野は皮肉げな笑いを浮かべた。

「拙者とて同様に憎まれております。ですが、改革を進めるためには嫌われることにひるんではならぬと気持ちを強くしております」

鳥居は言った。

「何者かはさておくとして、大塩を利用しようとする意図は何であろうな」

「そうですな……五年前の大塩の密書……」

鳥居は言葉を止めた。

「密書は箱根山中に捨てられた。それを江川太郎左衛門が拾い、わしは目を通した。密書には不正無尽の実態と関与した幕閣の名が暴《あば》き立ててあった。表沙汰《おもてざた》になれば、政に大きな支障が出ると懸念《けねん》されたため、事はうやむやにされた」

「その密書は処分したはずでございます」

鳥居もうなずく。

「しかし、近頃、他にも密書があり、それが見つかったという噂がある。五年前の密書が見つかった際には、大塩が密書を誰に宛てたのかわからなかった。大塩が密書を送った相手は、大塩に不正無尽の探索を命じた者じゃ。今回見つかった密書にはその何者かの名が記されておったらしい」

「まことでございますか」

鳥居は両目を吊り上げた。

「なに、騒ぐようなことではない。密書の宛先が誰であったのか気にかかるが、五年も前のことじゃ。今更、誰だかわかったところで大したことはない。それより、大塩の亡霊を退治せねばな」

「まさしく」

「大塩騒動の首謀者、必ず捕らえよ」

「承知しました」

鳥居が返事をした。

そして、

「それから、妙な浪人に会った。今時珍しい回国修行中の武芸者のようでな……」

水野は行列を先導した浪人について語った。

「なるほど、奇妙な男でございますな」

鳥居は首を傾《かし》げた。

「いかがした」

「その奇妙な術ですが、菅沼外記が使う妖術に似ております」

「わしもそう思った。しかし、菅沼外記の術とは違った。わしが目にした菅沼の術は手を翳《かざ》しただけで相手が吹き飛んだが、浪人の術は避けてゆくようであった。似て非なる術と申せよう」

「なるほど……」

鳥居は薄気味悪い者だといぶかしんだ。

ここで水野は話題を変えた。

「ところで、長崎《ながさき》奉行の伊沢摂津守《いざわせっつのかみ》が高島秋帆《たかしましゅうはん》を告発しておるが、それをさせたのはその方であろう」

高島秋帆は長崎会所調役頭取《かいしょしらべやくとうどり》を務める傍《かたわ》ら砲術《ほうじゅつ》の研究者でもある。西洋式砲術を取り入れた高島流砲術を確立した。阿片戦争で海防の重要性が高まると、昨年の五月、水野の許可を得て武蔵国徳丸ケ原《むさしのくにとくまるがはら》で洋式砲術と洋式銃陣《じゅうじん》の公開演習を行った。洋式砲術は見学者を驚愕《きょうがく》させ、銀子《ぎんす》二百枚が下賜《かし》されたばかりか、使用された大砲四門が金五百両で幕府に買い取られた。

かねてより海防について研究し、幕閣に意見書を上申《じょうしん》していた韮山代官江川太郎左衛門も高島に洋式砲術を学ぶようになった。

ところが、西洋の文物《ぶんぶつ》を蛇蝎《だかつ》の如く嫌う鳥居は高島を西洋かぶれと憎悪し、陥《おとしい》れようと狙っていた。今月、ついに長崎奉行伊沢政義《まさよし》に密貿易の疑いで捕縛させたのである。

「仰《おお》せの通りでございます」

臆《おく》するどころか鳥居は胸を張った。

「高島が一体何をした」

水野の物言いには疑念と共に不満が滲《にじ》んでいる。

「水野さま、拙者が高島を捕縛させたのは、かつての尚歯会同様、拙者の洋物嫌いの為《な》せる業《わざ》と思われておられるのではございませぬか」

「違うのか」

「違います。高島は御禁制《ごきんせい》の抜け荷を行っておるのでございます」

鳥居はむきになった。

「高島は長崎の町年寄を務めておる。よって、脇荷《わきに》を行う権利がある」

脇荷とは長崎で役職を持つ者に認められている交易である。

「ですが、高島の場合は脇荷の範疇《はんちゅう》を超えた抜け荷を行っておる疑いがございます」

鳥居は言った。

「そなた、高島が演習した洋式砲術をいたく非難しておったが、そのことと今回の抜け荷摘発、関係があるのか」

水野の問いかけに、

「大いにございます」

鳥居は身を乗り出した。

「まさか、西洋の銃や大砲を抜け荷しておったと申すか」

「まさしくその通りでございます」

恭《うやうや》しく鳥居は頭を下げた。

「その証は」

「高島に協力しておった商人を探り出す所存でございます」

「そなた、くれぐれも、高島については、慎重に対応せよ」

水野は釘を刺した。

鳥居は南町奉行所の奉行役宅《やくたく》へと戻った。雨は上がったが湿った空気がまとわりつく、梅雨特有の鬱々とした夕刻である。

書院《うち》に内与力の藤岡伝十郎《ふじおかでんじゅうろう》がやって来た。

藤岡は幕府の官学《かんがく》を司《つかさど》る公儀大学頭《だいがくのかみ》林述斎《はやしじゅっさい》の三男として生まれた鳥居が文政《ぶんせい》三年（一八二〇）、二十五歳で鳥居家に養子入りした際、林家から供侍《ともざむらい》として派遣された。以来、二十年以上にわたって鳥居の側近くに仕えている。歳は鳥居より四つ上の五十一歳だった。

鳥居の機嫌が良いのか悪いのか、顔を見ずとも、足音だけでわかる。

「父上の一周忌法要の手筈《てはず》、大丈夫であるな」

鳥居の問いかけに、

「滞りなく行っております」

林述斎は昨年の七月に病没した。享年《きようねん》七十四であった。見識の広さゆえ、将軍の侍講《じこう》を務めるばかりか、政に関する意見を求められることも少なくはなかった。

「父上も思い残すことはなかったであろうな……」

郷愁《きようしゆう》に駆られたように鳥居は呟《つぶや》いた。

「大学頭さまは極楽浄土《ごくらくじようど》から殿をお見守りでございます」

藤岡の言葉に鳥居は問い返した。

「父上はわしの仕事ぶり、どのように思っておられるであろう」

「それはもう、名奉行だと目を細めておられましょう」

一瞬の迷いもなく藤岡は答えた。

鳥居は無表情のまま話題を変え、

「大塩一味を騙る者の探索を強化せよ」

乾いた声で命じた。

五

翌二十一日、高尾山の宿坊《しゅくぼう》に真中正助がいた。

歳は二十六歳、目元涼《すず》やかな中々の男前である。関口流宮田喜重郎《せきぐちりゅうみやたきじゅうろう》道場で師範代《しはんだい》を務めている。関口流は居合《いあ》いの流派だが、血を見ることが苦手とあって得意技は峰打《みねう》ちという少々変わった男だ。

実直を絵に描いたような男でもあり、山籠もりをして二十日、真中は紺《こん》の胴着に身を包み、気送術会得にいそしんでいた。襟元《えりもと》や背中には汗の染みができている。

山籠もりといっても、ずっと山中に入っているわけではなく、時折、こうして宿坊に戻り、食事や入浴をしている。

曇空の昼下がり、お勢と一八《いっぱち》がやって来た。

一八は幇間《たいこもち》だ。頭を丸め、派手な小紋《こもん》の小袖に色違いの羽織を重ね、年齢は不詳《ふしょう》である。

「真中さん、大丈夫」

お勢が尋ねた。

「いや、まだまだです」

真中は反省するようにうつむいた。

「たまには、どうです、ぱあっと」

一八は誘いをかけた。

「そんなことはできぬ」

真中は断る。

「そんな、根を詰めないほうがいいでげすよ」

一八は気楽に誘ったのだが、

「いや、やめておく」

真中はかたくなであった。

「それで、どうです、術の方は」

　一八に言われ、

「それがな、もうすぐ会得できそうで、実は遠いといったところだ」

「なんだかよくわかりませんね」

　一八は言った。

「生真面目に過ぎるとかえってどうにもならないものだわよ」

　お勢は言った。

　真中は庭に立った。

「一八、ちょっと、そこに立ってみてくれ」

「あっしですか」

　一八はきょとんとした。

「頼む」

　真中に頼まれ、

「こうですか」

　一八は真中の前に立った。

「ならば、ゆくぞ」

真中は鼻から息を吸い、ゆっくりと口から吐き出す。それをしばらく繰り返した。次第に真中の顔が紅潮してゆく。

右手を突き出し、腰を落とした。

それから一旦、右手を引っ込め、

「でやあ」

右手を突き出した。

一八は、

「うわあ」

と、大きな声を上げて背後へすっ飛んだ。

真中は明るい顔をした。

「できた」

と、ほっとした声で言った。

一八は腰をさすりながら立ち上がった。

「真中さん、すげえよ。ほんと、お頭《かしら》が見込んだだけのことはありますよ。やりましたね」

一八も手放しの喜びようである。

「まことに」

真中は自分の右手を見た。

「これで、戻れますね」

一八は言う。

「そうだな。これで、お頭にも顔を合わせることができるというものだ」

真中は満足そうである。

すると、

「真中さん、あたしにもかけてくださいよ」

お勢が言った。

「いや、お勢どのには……」

真中は躊躇《ためら》いを示した。

一八も、

「お勢姐《ねえ》さん、それはやめておいたほうがいいでげすよ。吹っ飛ばされて、怪我《けが》でもされたんじゃ、あたしは、お頭に顔向けできませんですよ」

「見損なっちゃあいけないわよ。怪我しないようにちゃんと受身を取るから、大丈夫」

「それでも、危ないでげすって」

一八は語調を強めた。

「なよなよのあんただって怪我しなかったじゃないの。平気だって」

お勢はからっと言った。一八はむきになり、両手をばたばたと動かして、

「あたしは、これでも男ですよ。女の姐さんが技にかかったら、大怪我をします」

「しつこいよ」

お勢は譲らない。

「姐さん、姐さんに怪我されたんじゃあたしはお頭に顔向けができませんよ」

一八は困った顔になった。

「さあ、そこを退いて」

お勢は真中の前に立った。

「お勢どの」

困った顔で真中は眉間《みけん》に皺《しわ》を刻んだ。

「遠慮はなしですよ。思い切って術を放ってくださいな」

きっぷのいい声でお勢は両手を広げた。

「いや、それは」

一八はお勢と真中の間に立った。

「邪魔だって、このすっとこどっこい」

お勢は声を大きくした。

「でもね」

一八が抗《あらが》うと、

「一八、退くのだ」

真中が言った。

しかたなく一八は退いた。

「お勢どの、では、参りますぞ」

真中は呼びかけた。

「遠慮はいらないよ、思うさま、気送術を放ってくださいな」

お勢は腰を落とした。

真中は丹田呼吸を繰り返し右手を広げて前方に突き出した。

お勢は目を瞑った。

真中は丹田呼吸を繰り返してから、

「でやあ！」

大音声と共に右手を引っ込め、そして突き出す。

が、お勢は動かない。

真中はもう一度、気送術を放った。

それでもお勢は身動《みじろ》ぎもしないままである。

真中はもう一度、気送術を放ったが、やはりお勢は微動だにしなかった。真中は目を白黒させて自分の右手を見つめた。お勢は真中から一八に視線を向けた。

「ちょいと、厠《かわや》へ」

一八はその場から去ろうとした。

それを、

「一八、ちょいと、お待ち」

お勢は呼び止めた。

「一八、謝りなさいよ」

厳しい顔でお勢は言った。

一八は薄笑いを浮かべ、ぺこりと頭を下げた。

「そうか、一八、あれは芝居だったんだな」

「すんません。いや、あたしも悪気《わるぎ》があってやったんじゃないんですよ。真中さんがあんまり思い詰めてやっていらっしゃるんで、あっしも協力しなけりゃいけないって思いましてね」

一八が苦しい言い訳をすると、

「そんなことは、真中さんを助けていることにはならないの」

きつい口調でお勢は責め立てた。

「すんません」

一八はしょげ返ってしまった。

「あたしに謝るんじゃないの。真中さんに謝りなさい」

強い口調でお勢は詰め寄った。

一八は真中に向き直った。

「すんませんでしたね」

「いや、一八どのはわたくしのためを思って芝居を打ってくれたのでござろう」

真中が庇うと、

「真中さん、こいつはね、そんなんじゃなくって、一杯飲みたさにやったんですよ」

お勢は非難した。

「たとえ、そうであっても、一八を叱《しか》るより己の未熟《みじゅく》さを責めるべきです」

いかにも真中らしい、生真面目な物言いをした。

「ですけどね」

お勢は怒りが収まらないようだが、真中のしょげ返った顔を見ていると、それ以上は一八を責めることはせずに黙り込んだ。

真中はうつむき加減に、

「やはり、わたくしには無理なのでござろうか」

お勢は一八を見た。一八が余計なことをしたから、こんなにいじけてしまったのだと言いたげだ。

一八も、

「いや、でもですよ。確かにぶっ飛んだのはあたしの大袈裟な芝居でござんしたがね、でも、なんだかこう、目に見えない力っていいますかね、見えない誰かに押されたような気がしたんです。ですから、こう、威圧されたように仰《の》け反《ぞ》ってしまいましたからね」

一八はもう一度仰け反って見せた。

するとお勢も、

「そうそう、あたしもね、動きはしなかったけどさ、なんだか大風が吹いてきたようで、それを必死で踏ん張って堪《こら》えていたんだもの」

すると真中は、

「お二方の親切、身に沁みます」

と、丁寧に頭を下げた。

「だからさ、真中さん、そうやって根を詰めない方がいいってば」

お勢は励ました。

「かたじけない」

ここでお勢は弁当を広げた。

真中の腹が鳴った。

「さあ、遠慮せずにさ」

一八が瓢簞《ひょうたん》から酒を注ごうとしたが、真中は、

「酒はやめておきます」

「そうね」

お勢も無理には勧めなかった。

「ところで、何か大事なお役目はありませんか」

真中は菅沼組を案じた。

一八が、

「今、江戸市中じゃ大塩平八郎の亡霊といいますかね、大塩がオロシャから帰って来るっ

て噂でもちきりでげすよ」

「ほう、大塩が生きていると」

「まったく、無責任な連中が好き勝手に囃《はや》し立てているんですがね、それに乗っかって大塩味方とか大塩一味を騙って、米屋に押し入っている不届《ふとど》きな連中もいる有様で」

「たちの悪い連中ですな」

真中が嘆《なげ》いた。

「いつの時代にも困った奴《やつ》らっているもんでげすね」

一八が言ってから、

「お頭はどうされていますか」

お勢が、

「公方《くぼう》さまも大塩騒動を心配なさっておられるとかで、騒動について調べているみたい」

「我らは何もしなくてよいのですか」

「必要になったら、お呼びがかかるわ」

お勢は言った。

「それまでに、何とか気送術を会得しようと思います」

真中は決意を新たにした。

「その意気でげすよ。真中さんならきっとできます。お頭が見込んだお方でげすからね」

すかさす、一八がよいしょをする。

真中は生真面目な顔を崩すことなくうなずいた。

「なら、あたしたちはこれで失礼します」

お勢は言った。

「かたじけない」

真中は一礼した。

「真中さん、くどいようですけど、あんまり根を詰めちゃいけませんよ」

言葉通りくどい口調で一八は言い置いた。


お勢と一八は宿坊を後にした。

「真中さん、会得できるといいでげすね」

一八が言うと、

「そんなこと、当たり前じゃないの」

お勢はむっとして返す。

「こいつはすんません」

一八はすっかり恐縮の態である。

「まったく、あんたって、気がきくようできかないね」

お勢は顔をしかめた。

「姐さんは、真中さんのことになると洒落《しゃれ》が通じませんからね」

「何が洒落よ。言っとくけどね、洒落をやっていい時といけない時があるんだよ」

お勢は怒った。

「わかりましたって」

言葉とは裏腹に、一八に反省の色はない。

「まったく、あんたって人は、開いた口がふさがらないね」

「そりゃ、何よりの褒《ほ》め言葉でございますね」

一八は自分の額をぴしゃりと叩いた。

「もういいよ」

二人は山道を急いだ。

樹木から伸びる枝が日輪の光を遮《さえぎ》り、沢のせせらぎが心地良い。旅情を味わっていると前方の木立がざわざわと動いた。

「まさか、追いはぎじゃねえでしょうね」

一八が立ち止まると、林から何人もの男が出て来た。みな髭面《ひげづら》で、この暑いのに獣《けもの》の毛皮をまとっている。刀や鑓《やり》、火縄銃《ひなわじゅう》を手にしている者もいた。見るからに山賊だ。

山賊はお勢と一八の前に立ち塞がると、品定めをするようにねめつけてきた。

「なんでげす」

身体をくねらせ、一八はおどけて問いかけた。

「何もかも置いてゆけ」

一人が言った。

「何もかもだなんて、それじゃあ、あたしら帰れないでげすよ」

一八はさらにおどける。

「冗談ではない。金と着物を置いてゆけ」

山賊は言葉を荒らげた。

「金はともかく、着物はね。あっしは涼しくていいんですけど、こちらの姐さんはそういうわけにはいきませんよ。着物なしで旅をするわけにはいきませんものね」

一八は言った。

「ほう、その女、なかなかの玉ではないか。ならば、着物の代わりにおれたちの相手をしてもらおうか」

山賊は下卑《げび》た笑いをした。

「お相手なら、あっしがしますよ」

一八が進み出た。

「おめえみたいなの、相手になるか」

山賊はいきなり一八を蹴飛《けと》ばした。一八は、腹を蹴られ、

「こいつは無粋《ぶすい》な」

と、苦しげな声を絞り出した。

「あんたたち、あたしに指一本でも触れたら承知しないよ」

お勢らしい、気の強さを発揮《はっき》した。

「気の強い女だ。わし好みだぞ」

一人が舌舐めずりをした。

「あんたたに好かれたってちっともうれしくないわ」

お勢は横を向いた。

「ひひひ」

山賊はお勢を囲んだ。

「やめろい」

一八は立ち上がったが、再び足蹴《あしげ》にされた。

「おい、おい、大人しくしな。すぐに、いい気分にさせてやるんだからな」

「うるさい！」

お勢は怒鳴った。

「誰か、来てくだせえ」

一八は叫び立てた。

「誰も来ねえよ。来たってな、おれたちに手出しできやしねえさ」

山賊は勝ち誇っている。

ところが、

「御免」

という声と共に一人の侍がやって来た。

肩まで垂れた髪を総髪に結い、山賊同様に顔中髭で覆われている。地味な黒の小袖によれよれの袴と、みすぼらしい身形《みなり》ながら山賊とは対照的に威厳のようなものを感じさせる。孤高《ここう》の武芸者といった風だ。

「なんでえ」

山賊が目をむく。

侍は答えず、左手を広げ前方に突き出した。

「ふざけるなよ」

山賊はいきり立ったが、侍は軽やかな足取りで山賊に向かっていく。

山賊たちは肩を怒らせ、侍に斬りかかった。

ところが、いくら斬りかかろうが、殴ろうが、蹴ろうが、侍に指一本触れることすらできない。

「逃げるな！」

怒りを募らせ何度も刃を振るうがかすりもせず、ついには火縄銃も発射されたが弾丸は大きくそれた。もっとも、それたのは放ち手が恐怖に駆られ、狙いが定まらなかったからのようだ。

「な、なんだ」

ついには山賊たちは呆然《ぼうぜん》と立ち尽くしてしまった。

「どうしたのだ。わしはここにおるのだぞ」

侍は山賊を挑発するように顔を突き出した。

低くくぐもったような声音《こわね》である。

「野郎、舐めるんじゃねえ」

頭目と思われる山賊が鑓の穂先で侍の胸に狙いをつけ、突進した。

侍は左手を前方に翳す。

お勢と一八は息を呑んだ。

「食らえ！」

山賊の鑓が侍の胸にあと一寸まで迫ったかに思われた。

が、鑓は侍の脇をすり抜け、山賊は侍の横を通り過ぎた。

「な、なんだ」

山賊はきょとんとなって立ち止まる。山賊が振り返る。侍も山賊に向きなおり、

「どうした」

からかいの言葉を投げかけた。

「畜生」

山賊は鑓を構え直した。

再び、突進しようとしたが思い直し、鑓を右手に持った。次いで、肩の高さまで上げると、

「死ね！」

今度は大きな声を上げ、鑓を投げた。

鑓は一直線に、侍目掛けて飛んでゆく。

侍は左手を横に払った。

鑓が大きくそれ、木の幹に突き立った。

「へ、へえ」

山賊は驚きの声を発し、口をあんぐりと開けた。

「どうした」

侍は山賊に迫る。

「や、野郎ども」

頭目が山賊たちを集めた。

「妖術を使いやがって。こんな野郎に舐められたままじゃ、引っ込んでられねえぜ。いいか、おめえとおめえは後ろに回れ、おめえたちは右、おめえらは左だ」

山賊たちが侍をぐるりと囲む。

「一度にかかれ」

山賊たちは刀を手にした。

「串刺しにしてやるぜ」

頭目が長脇差《ながわきざし》を腰の位置で構えた。

侍は動ずることなく立ち尽くしている。

「ど、どうなるんですかね」

一八が声を上ずらせた。

「黙っといで」

お勢がきつい口調で黙らせる。一八は首をすくめ黙り込んだ。

「やっちまいな」

頭目のかけ声で山賊たちは一斉に突っ込んだ。

侍は左手を翳したままぐるりと身体を回転させた。すると、山賊は各々《おのおの》の刃物で同士打ちをした。

お互いを刺し、悲鳴を上げながら倒れていった。

頭目一人が残った。

頭目は怯《おび》えた顔で後ずさる。

「た、助けてくれ」

両手を合わせて侍を拝《おが》んだ。

侍は翳した左手を下ろし、腰の大刀を抜いた。

「やめてくれ」

怯えきった頭目は涙目になった。

侍は言葉を発することなく、刀を横に払った。

頭目の首が山道にごとりと転がった。

侍は血ぶりをし、刀を納め立ち去ろうとした。

「待ってください」

お勢が声をかけた。

おそるおそる、お勢の背後から一八が出て来た。

侍は振り返った。

「危ないところをお助けいただき、ありがとうございました」

お勢はぺこりと頭を下げた。

侍は黙ってうなずいた。

「あたしは、勢と申します。根津権現《ねづごんげん》近くで常磐津の稽古所を営んでおります」

続いて、

「あたしは一八って、見た通りの幇間でございますよ」

一八は扇子《せんす》をひらひらとさせた。

侍はくるりと背を向け、物も言わずに立ち去ろうとした。

「ちょいと」

お勢は一八に目配せをした。一八は侍の前に回り込み、

「旦那、何かお礼をしたいと存じますが」

一献《いっこん》傾ける真似をした。

「無用だ」

「いや、そういうわけにはまいりませんよ」

一八は食い下がる。

侍は一八を無視して、立ち去ろうとした。一八は追いすがろうとしたが、侍の妖術を思い出したのか、慌てて手を引っ込めた。

侍はそのまま歩き出した。

「お名前を……せめてお名前をお聞かせください」

お勢が必死で声をかけた。

侍は振り返り、

「芥川源丞……」

と、呟くように答えた。

すかさず一八が扇子で芥川を扇《あお》ぎ、

「すげえ技でげすね。一体、どうやって会得なさったんで。やっぱり、山籠もりですか」

「修験道《しゅげんどう》……」

髭に埋まった顔に覗《のぞ》く双眸が光った。

その瞬間、お勢は鳥肌が立った。これ以上は話しかけることもできず、芥川は足早に立ち去った。

「姐さん、あの術、何でげしょうね」

「わたしにわかるわけないでしょう。ただ、修験道って言ったわね」

「高尾山は修験者の修行の場でげすよ。芥川って浪人、高尾山で修行を積んであの妖術を身につけたのかもしれませんね。だとしたら、真中さんも高尾山で修行していれば、気送術を会得できるでげすよ」

調子の良い一八を冷めた目で見ながら、

「父上なら芥川の技、知っているかもね」

お勢は山道を急いだ。

六

翌朝、外記は橋場鏡ヶ池の自宅にお勢の訪問を受けた。

「真中、どうだった」

外記が尋ねると、

「真面目に修練を積んでいたわよ。そりゃ、真中さんらしくてね」

「やはりな。それで、少しは上達したのか」

「それはしたようね」

「どうしてわかる」

「わかるというか、感じたのよ。そりゃ、父上のように吹っ飛びはしないわよ。だけど、何て言ったらいいのかしら、こう、真中さんと対していると、真中さんの気が伝わってくるというか、空気が震えていたというか」

お勢はうまく説明できないと言い添えた。

外記はつるりと顔を撫でた。

「きっと、気送術を会得すると思うわ」

「うむ、期待して待つとする」

外記はごくりと茶を飲んだ。

「ところで、高尾山中で妙な男と出会ったのよ。浪人のようで、変な術を使ったの」

お勢は左手を翳した。

「こうやって、手を翳すところは右と左の違いはあるけど、気送術と同じよ。それで、翳しただけで、相手は浪人にいくら斬りかかっても、殴りかかっても、刃や拳《こぶし》の方から逃げてゆくのよ」

「ほう……」

「どんな術なんだろう。父上なら知っていると思って」

「心《しん》の一方《いっぽう》……」

外記は呟いた。

「なにそれ」

お勢は口をもごもごとさせた。

「二階堂平法《にかいどうへいほう》の技だ。御公儀開闢《かいびゃく》間もない頃、松山主水《まつやまもんど》という武芸者が得意とした術でな。今になって、心の一方の使い手が現れようとは……して、その者の名は」

「芥川源丞と申しました」

外記はおやっとお勢を見た。

「なに、芥川だと」

「父上、ご存じなのですか」

今度はお勢が驚いた。

「いや、見知ってはおらんが、わしはその芥川源丞に間違えられたのだ。間違えた者どもは、わしの気送術を心の一方だと思ったのであろう」

外記は迷惑な話だと、言い添えた。

「ほんと、迷惑だわね」

お勢もうなずく。

「それで、芥川源丞、どのような男であった」

「なんだか、薄気味の悪い男だったわよ。髪は総髪、髭だらけの顔で粗末な着物を着ていたわ。武芸者然としていて、ぶっきらぼうな物言いだった。助けてもらっておいて、悪口を言うのもなんだけど。あ、そうそう、修験道で技を会得したらしいわ。高尾山にいたのも、心の一方に磨きをかけていたのかもね」

お勢が語り終えたところへ、小峰春風《こみねしゅんぷう》がやって来た。

口と顎に真っ黒な髭を蓄えた中年男である。庵斎と同様、身に着けているのは十徳だ。

但《ただ》し、俳諧師ではなく絵師である。絵は独学だが、その写実的な画風は人であろうと建物、風景であろうと、正確無比に描き出すことができる。

春風は一通りの挨拶をしてから、

「御老中水野さまの行列が大塩一味を騙る浪人たちに襲われたところに出くわしました。江戸城の城門前は大混乱をきたしましたが、その混乱を、左手を翳しただけで収拾させた浪人がおるのです。肩まで垂れた髪を総髪に結い、顔中髭だらけ……歳は……三十代、いや、四十代、いやいや、髭と月代を剃《そ》れば案外二十代かも、つまり、年齢は不詳ですな」

懐紙を取り出し、矢立ての筆でさらさらと浪人の絵を描いた。浪人は左手を前方に突き出している。

絵を見た途端、

「心の一方の芥川源丞よ」

お勢の確信に満ちた言葉に春風はきょとんとした。

外記の脳裏に浅草田圃の雑木林で襲ってきた浪人たちが浮かんだ。彼らは水野襲撃を実行したのだ。襲撃は失敗した。水野のことだ、草の根分けても襲撃者を鳥居に探し出させるだろう。

彼らが何者か気になるが、それ以上に芥川源丞に興味をひかれる。

「その浪人者、混乱を収めてどうしたのだ」

「それが、いつの間にか消えてしまったのだとか。水野さまも探しておるようでございますぞ」

「芥川源丞、一体、何が狙いなのであろうな」

外記は呟いた。

「水野に近づく気なのでは」

お勢が言った。

外記は芥川と対決する日がやって来るのではと予感した。

七

昼下がり、外記は庵斎の家を訪れた。

「出来上がっておりますぞ」

庵斎は文机の上にある偽造密書を手に取った。

「おお、できたか」

外記は出来具合を確かめた。なるほど、庵斎らしい素晴らしい出来である。

「よし、これを使って、一芝居打つか」

外記はほくそ笑《え》んだ。

「お頭、いかになさるのですか」

「置訴だ」

置訴とは、訴状を老中の屋敷の門前に置いておく直訴の一種である。

「誰の屋敷に置きますか」

「水野越前守忠邦」

「今回の大塩騒動、水野を標的とするものとお考えなのですね」

「そうだ。水野め、今は疑心暗鬼の中におるであろう。きっと、この密書を見れば、大塩が生きておるとは思わぬまでも、大塩が一揆を起こした時の苦い思い出が蘇《よみがえ》るであろう。水野が不正無尽に手を染めていたかどうかはわからぬが、大塩の弾劾状を握りつぶした後ろめたさを感じるであろうて」

うれしそうに外記は両手をこすり合わせた。

「お頭もお人が悪いですな」

庵斎は肩を揺すって笑った。

「なに、それもこれも、自分が蒔《ま》いた種なのだ。自分で刈り取らねばな」

外記は言った。

夜の帳《とばり》が下り、外記は外桜田《そとさくらだ》にある水野忠邦の上屋敷前にやって来た。森閑《しんかん》とした闇に外記は溶け込んだ。

夜風は湿《しめ》り気を帯《お》び、分厚い雲が空を覆っている。今にも雨が降り出しそうだと空を見上げると風が強まった。屋敷から覗く木々が枝を鳴らし始める。

雨どころか嵐がきそうだ。

門は閉ざされている。

門番二人をどうにかするか、それとも、投げ文にでもすべきかと外記は迷った。すると、築地塀《ついじべい》に数人の侍たちが蛾《が》のように張りついている。闇夜でしかも門番の死角になっていた。

水野に用があるのか。

侍たちは息を殺して水野の門前で待っている。

「馬鹿めが」

外記は浪人たちの無策さに呆《あき》れる思いであった。

門前で立っていてどうするのだ。

すると、にわかに松明《たいまつ》の行列が近づいてきた。長屋門が開けられた。

長屋門から出入りできるのはその屋敷の主人か上役《うわやく》のみである。水野の上役となると将軍か御三家《ごさんけ》、御三卿《ごさんきょう》の当主、あるいは将軍の連枝《れんし》しかいない。夜更けに来客はないだろうから、駕籠の中にいるのは水野忠邦に違いない。

何処かへ出かけ、帰って来た。すると、浪人たちは水野が夜間外出をしていたことを知っていた、あるいは幾日にも亘って張り込んでいたのだろう。

駕籠は一旦、長屋門の前で止まった。

そこへ、

「大塩一味」

「救民、水野忠邦、覚悟」

大音声と共に浪人たちが斬り込んでいった。その数、十人余りであろうか。

駕籠を取り囲む。

すると、水野屋敷と辻番所から雲霞《うんか》の如く捕方《とりかた》が殺到してきた。

「御用だ！」

陣頭に立っているのは鳥居耀蔵であった。

陣笠《じんがさ》を被り、野袴《のばかま》を穿いた鳥居は捕方に命じて浪人たちを召し捕ってゆく。

駕籠の中は空《から》であった。

「おのれ、謀ったな」

浪人が叫んだ。

「馬鹿めが」

鳥居は哄笑《こうしょう》を放ち、舌舐めずりをした。

「抗う者は殺せ」

鳥居は命じた。

捕方は数を頼みに浪人たちに襲いかかる。浪人たちも必死であった。

浪人が三人、捕方の輪を逃れた。

その時、夜空を稲光《いなびかり》が走り、雨が降り出した。一瞬にして風雨が視界を閉ざす。雷鳴も轟《とどろ》き、襲来した嵐が三人の逃亡を助けた。

外記は後を追った。

三人は大名小路《だいみょうこうじ》の切れたあたりで息を切らして立ち止まる。

そこへ捕方が追いついてきた。

雨風に晒《さら》され、浪人たちは力がつきようとしていた。

外記は口から小刻みに息を吸うと一旦呼吸を止め、そして、ゆっくりと吐き出す。これを何度も繰り返している内に全身を血潮が駆け巡り、頬は紅潮して双眸は力強い輝きを放った。

暴風の中でも気が充実する。

腰を落とし、右手を広げて引っ込める。

次《っ》いで、

「でやあ！」

大音声と共に右手を突き出した。

声音は雷でかき消されたが、雨中にもかかわらず、陽炎が立ち上った。

捕方ばかりか雷光すらも歪む。

次の瞬間、捕方が数人、相撲取りに張り手を食らったように後方に吹き飛んだ。

何事が起きたのかわからず、浪人たちは周囲を見回す。

外記はゆっくりと姿を現した。

「き、貴様」

浪人が外記を見て驚きの声を放つ。次いで別の男が、

「芥川源丞」

と、声を放った。

「以前にも申したぞ。わしは芥川ではない。おまえたちは何者だ」

外記が問いかけると浪人たちは答えず逃げ出した。追いかける間もなく、彼らは闇に消えた。

水野邸に戻ると周囲を大勢の侍が警固《けいご》している。懐中の密書を握りしめ、暴風雨に吹きさらされながらも、外記は立ち尽くした。大塩の偽造密書を使って揺さぶりをかけるまでもなく、大塩一味を騙る浪人たちによって水野は動揺しているだろう。

外記は嵐に紛れて逃走した。


二日後、からっとした晴天である。

嵐が梅雨明けの到来を告げていたようだ。日輪が大地を焦がし蝉《せみ》の鳴き声がかまびすしい。

真中は高尾山中で座禅《ざぜん》を組んでいた。山間の木の下でじっと目を瞑っている。

すると、ごそごそと草をかきわける音が聞こえた。山間の御堂《みどう》へと入ってゆく。いかにも怪《あや》しげな連中である。

真中は気にかかり、後を追った。

浪人たちが三人、御堂に入って行った。

真中は階《きざはし》を上り、一枚の扉の陰でじっと耳をすました。

「揃ったな」

中から声が聞こえた。

「水野襲撃はしくじったが、我ら、大塩一味を騙り続けるぞ」

「もちろんじゃ。それと、芥川源丞を探すぞ」

「探そう。石翁さまは芥川が修験者の出で、江戸にあっては高尾山中に籠もり、技に磨きをかけておると申された」

「わかっておるわ。だから、こうして高尾山に来たのではないか。芥川とはどのような男なのだ。石翁さまは何と申されておった」

「石翁さまは総髪の武芸者然とした男、左手を翳すと相手が避ける妖術を使うと申された。水野、鳥居への復讐は芥川に任せておけと石翁さまは遺言《ゆいごん》なさったのだが、それでは気が収まらん。水野、鳥居は我らの手で仕留めたい」

「しかし、水野襲撃が失敗に終わったからには、やはり、石翁さまのご遺言に従った方がよい」

「やはり、芥川を頼ろう」

三人の密談は続いた。

話の内容からすると中野石翁と関係のある浪人たちだ。水野、鳥居に失脚させられた中野石翁は今月、病没した。石翁の無念を晴らそうと男たちは大塩一味を騙り、水野忠邦襲撃を企てたようだ。但し、芥川とかいう武芸者を石翁は買っており、水野、鳥居への復讐は芥川に任せろと遺言したに違いない。

真中はそっと階を下りた。しかし、その時、うっかり足を踏み外してしまった。大きな音が立つ。

「しまった」

と、唇を噛んだ時は遅かった。

御堂からどやどやと浪人たちが出て来た。たちまちにして、真中を囲む。

「貴様、何をしておった」

浪人が問いかけてきた。

「昼寝だ」

真中は答えた。

「昼寝だと、ふざけるな」

「まことだ。それが証拠にこの通り」

真中は腰を示した。丸腰であることを伝えのだが、

「そんなことが通用すると思うか」

浪人は取り合わない。

「まことだ」

真中は言う。

「昼寝をしておろうがおるまいが、我らの話を聞かれたからには生かしておくわけにはいかんぞ」

「そうだ」

浪人たちは血走った目をした。

「貴殿らも武士であろう。丸腰の相手を斬るのか」

真中の非難にも、

「ああ、救民のためにな」

臆することなく一人が刀を抜いた。

それを合図に他の二人も抜刀する。

真中は丹田呼吸を繰り返した。右手を前方に翳し、腰を落とす。ゆっくりと呼吸を繰り返す。額から汗が噴き出て滴《したた》り落ちた。

すると一人が目をむいた。

「おお、これはこれは……芥川源丞どのか」

浪人たちが語っていた、中野石翁が信頼していたという武芸者だ。芥川の妖術は気送術に似た構えをするのかもしれない。

「誰だ、芥川何某とは」

真中が問いかけると、

「芥川ではないと申すか」

「違う」

「ならば、その構えは何だ」

やはり、芥川の妖術は気送術と似た構えのようだ。

「気送術だ」

「きそう……じゅつだと」

「そうだ」

「心の一方であろう」

浪人が怒鳴った。

「知らぬぞ」

真中は、でやあと気を発した。浪人は一瞬、びくっとなったが、

「なんだそれは……」

驚きの顔から呆れた顔へとなっていった。

「でえい」

もう一度、気を発した。

しかし、浪人たちはぴくりともしない。

「どうやら、こやつは芥川ではないようだ」

浪人は真中に斬りかかってきた。

真中はさっと身を翻した。

浪人たちから逃れるべく後方に走る。浪人たちは追いすがってきた。

真中は大きな樫《かし》の木の幹に行く手を阻《はば》まれた。

「観念しろ」

浪人は刀を振りかざした。

真中は観念した。というか肝を据わらせた。

気送術でしかこの窮地を脱することはできない。丹田呼吸を繰り返し、右手を前方に突き出す。気を丹田に集中させ、

「でやあ！」

と、気を放った。

しかし、浪人たちはびくともせずに刀を手に迫ってきた。

「でやあ！」

もう一度放った。

一人が仰け反った。

よし、と内心で快哉《かいさい》を叫びさらに気送術を放った。しかし、今度は微動だにせず、浪人たちが迫ってくる。

真中は死を覚悟し、それでも右手を突き出した。

浪人たちは刀を手にしたまま、真中に振り下ろす。

刃がきらりと光った。

すると、刃は真中をかすりもせずに空を切る。そして、真中の横を通り抜けていった。

「どうした」

真中自身が呆然とした。

他の浪人たちも真中を通り過ぎてゆく。

真中は幹から身を離した。

後方を見ると、三人は草むらにのたくっていた。そして、一人の浪人が立っていた。総髪、髭面の武芸者然とした男だ。

この浪人に助けられたようだ。

「かたじけない」

真中は礼を言った。

浪人は無言である。

「よろしかったら、名前だけでもお教えくだされ」

と、真中は名乗った。

「芥川源丞」

芥川は告げると、浪人たちを縄で縛り上げていった。

三人のうち一人が、

「そなたか。芥川どの、頼む。石翁さまの無念を晴らしてくれ。我ら、芥川どのを探しにここまでやって来たのだ」

と、訴えかけた。

「中野石翁に義理はない」

芥川は冷たく言い放った。

強い日差しと耳をつんざく蟬時雨《せみしぐれ》が浪人たちに容赦《ようしゃ》なく降り注いだ。

第二話　密書の死

一

六月に入り江戸は盛夏《せいか》の中にある。強い日差しが降り注ぎ、入道雲が我が物顔で大空に居座っていた。二日の昼八つ半（午後三時）、日輪はやや西に傾いているが、日差しは弱まっていない。

鳥居耀蔵は南町奉行所役宅の庭で芥川源丞の剣術指南を受けていた。というより、心の一方を見物しようというのだ。

芥川は大塩一味を騙り、水野忠邦を襲撃した浪人たちを捕縛した功により、水野忠邦に兵法指南役として召し抱えられた。嵐の夜、水野屋敷の前で鳥居は浪人たちを召し捕ったが、三人に逃げられた。三人は高尾山中に潜《ひそ》んでいたところを芥川に捕まったのだそうだ。

浪人たちは中野石翁の家来だった。水野、鳥居への恨みを呑んで死んだ石翁のため、彼らは水野を狙ったのだった。

南町でも腕に覚えのある者を数人選抜して芥川に立ち合わせる。

芥川は木刀《ぼくとう》を手にしていた。

痩《や》せぎすの身体ですっくと立ち、地味な黒ずくめの着物姿の芥川は、いかにも武芸者の雰囲気を醸し出している。総髪に結った髪と伸びるに任せた髭が無骨さを際立たせ、一角《ひとかど》の剣客《けんかく》の威風《いふう》を漂わせてもいた。

同心たちは紺の胴着に着替え、芥川の前に出た。

一人目が芥川と対する。

同心が正眼《せいがん》に構えたのに対し、芥川は無造作に木刀を下段に構え、相手の動きを見定めるかのように一切の動きを封じている。

床机《しょうぎ》に腰を据え、鳥居はじっと注視していた。

同心は鳥居の面前でいいところを見せねばと気負っているのだろう。両目を吊り上げ、盛んに気合いの雄《お》たけびを発した。

しかし、芥川は無関心であるかのように、目だけを同心に向け、同心の誘いに乗らない。

その内、同心は焦《じ》れて芥川に打ちかかった。

立ち尽くしたまま芥川は払い除けると、間髪《かんはつ》を容《い》れずに籠手《こて》を打った。同心は顔をしかめ、木刀を落とした。

鳥居はにこりともせずに、

「次、二人じゃ」

今度は二人がかりで芥川に挑《いど》ませた。

難なく芥川は二人に打ち勝った。

「なるほど、心の一方なる妖術を使わなくとも腕は確かなのだな」

鳥居は褒めたつもりだったが、

「妖術ではござらん。あくまで兵法でござる」

芥川に返され、むっとして言葉を呑み込んだ。

芥川は木刀を右手だけで振った。びゅんと風が鳴り、力強い太刀筋《たちすじ》である。僅《わず》かに総髪が揺れたものの、一切の気負いはなく、まるで箸を動かすかのような自然さだ。同心たちは目を見張った。

「ならば」

鳥居は目配せをする。

庭の隅からどやどやと捕方が現れた。同心と中間《ちゅうげん》、小者《こもの》が突棒《つくぼう》、袖搦《そでがらみ》、刺股《さすまた》、梯子《はしご》といった捕物道具を手に、芥川を囲んだ。

「心の一方を見せてくれ」

鳥居は言った。

「よかろう」

芥川は木刀を捨て、捕方の真ん中に立った。

捕方が殺到する。

無造作に芥川は左手を広げて差し出した。殺到した捕方が左右に分かれた。突棒や刺股はかすりもしない。何がどうなっているのかわからず、捕方は当惑するばかりだ。

「見事じゃ」

鳥居は床机から立ち上がり、捕方を去らせた。

捕方がいなくなってから、

「聞きしに勝る妖術、いや、兵法であるな」

鳥居の賞賛に、

「当然だな」

芥川はにこりともせずに返した。鳥居はむっとしながらも怒りは示さず、

「兵法、何処で習得したのじゃ」

「上方《かみがた》だ」

「京、大坂か」

「大坂が長かったな」

「大坂にもおったということは、洗心洞、すなわち、大塩平八郎の塾は存じておったか」

「存じておったどころか、大塩の講義を受けたこともあった」

「ほう」

鳥居は探るような目をした。

「陽明学を学ぼうと思ったのか」

「いいや」

「ならば、どうして講義を受けたのだ」

「密偵だ」

芥川はぶっきらぼうに答えた。

「大塩の様子を探っておったのだな。西町奉行所か東町奉行所か、いずれの命を受けての探索じゃ」

「どちらでもない」

芥川はそっぽを向いた。

「すると……」

鳥居の目が尖った。

「公儀大学頭、林述斎の依頼だ」

芥川はさらりと言ってのけた。

「父じゃと」

鳥居の目が不快に尖った。

一介の素浪人の分際《ぶんざい》で横柄《おうへい》な口の利き方をすることに加え、父親である林述斎を呼び捨てにするとは何事だと、鳥居は腹立たしかったが、

「父が大塩を探れと命じたのか」

「そうだ」

またもぶっきらぼうに芥川は返す。

「父は何故、大塩を探ろうとしたのだ。教えてくれ」

つい、鳥居らしからず下手に出てしまった。

「おぬし、息子だろう。聞いていないのか」

「聞いておらん」

「大塩が乱を起こした時、あんた目付だったものな。目付といやあ、人のあら探しをする役目だ。親父が大塩の何を探っているか耳にしなかったのか」

「聞いておらん」

露骨《ろこつ》に鳥居は不機嫌さを顔に表した。

そんなことは何処吹く風、芥川は続けた。

「林述斎はな、幕閣に横行していた不正無尽について大塩に調べさせたんだ。不正無尽についてては知っているな」

「詳《くわ》しくはないがな……」

「結局、不正無尽に関わった老中や若年寄などが多すぎたから、うやむやにされてしまったのだろう」

芥川は皮肉げに笑った。

「父が大塩に探索させたとは意外だ。わしは、大久保加賀守さまあたりではないかと見当をつけておったのだがな」

「大久保加賀守は大塩を買っておった。林述斎は大久保から大塩の評判を聞いたのではないかとおれは思う」

不正無尽摘発は老中、若年寄ばかりか幕府の要職にあった者たちが大勢関わっていたため、うやむやの内に収束した。

「林は大塩を御公儀の然るべき役職に推挙すると、約束をしておったそうだぞ」

「父が大塩に探らせたという証はあるのか」

「大塩が林大学頭に宛てた密書が箱根山中で見つかったそうではないか」

「まことか」

鳥居の舌がもつれた。

「どうやら、図星のようだな」

鳥居はむっとしたが、我慢した。

気を取り直すように表情を落ち着かせ、

「そなた、高尾山中に巣くっておった大塩一味を騙る者らを捕縛したが、奴らは中野石翁の家来たち、まさか中野も大塩と関わりがあるのか」

「さてな……」

「おい、意地の悪いことをするな。聞かせてくれ」

「金を寄越《よこ》せ。人から教わるのにただという法はない。それに、心の一方も見せてやったのだぞ」

芥川は右手を差し出した。

ぶすっとして鳥居は財布を出した。それを芥川は引《ひ》っ手繰《たく》った。呆気《あっけ》に取られる鳥居をよそに、芥川は財布を覗き、

「とりあえず、これだけもらっておく」

と、小判五枚を取り、財布を鳥居に返した。仏頂面《ぶっちょうづら》の鳥居に、

「町奉行には年二千両の役料《やくりょう》が支給されるのだろう」

「それで、話を聞かせろ」

「中野石翁の家来たちは、読売が書き立てた大塩がオロシャから帰ってくるという馬鹿げた記事に便乗したのだろう。中野石翁は大塩とは水と油だ。賄賂《まいない》を貰い、私腹を肥やしておった中野が大塩と結びつくはずがない。それに、中野の家来どもが捕縛されてからも、大塩一味を騙る者が打ち壊しを行っておるではないか。となると、大塩騒動は大塩がオロシャから帰ってくるという夢物語が原因だ」

芥川は言った。

「それはそうだが、どういうことだ」

「五年前、大塩が死んだ直後から大塩は生きていると噂になったが、オロシャに逃れたのではと申したのは誰だったかな」

思わせぶりな笑みを芥川は浮かべた。

「確か……江川太郎左衛門であったな」

鳥居の目がどす黒く光った。

「江川太郎左衛門こそが、今回の騒動の黒幕だとは思わぬか」

「江川が何ゆえ、今頃になって大塩の亡霊を持ち出したのだ」

「考えてみろ」

芥川は楽しむかのようだ。

鳥居は腕を組み、しばし、思案の後に、

「高島秋帆か」

と、言った。

「まさしく、その通りだ」

芥川はうなずいた。

「江川め、わしが高島を捕縛させたことを知り、揺さぶりをかけておるのだな。父が大塩平八郎に不正無尽探索を依頼したことを密書で知り、大塩の亡霊を徘徊させておるのだ。大塩を見捨てた父を責め、大塩を極悪人《ごくあくにん》とする弾劾状を書いたわしに、悔恨《かいこん》の念を抱かせたいに違いない。江川め、誠実そうな顔をして、ずいぶんと狡猾な奴よな」

鳥居は怒りをたぎらせた。

「江川の手に乗ってはならんぞ」

「わかっておる。それより、そなた、江川が今回の大塩騒動の黒幕だと、暴き立てよ」

怒りを押し包むように鳥居は大きく息を吐いた。

「おぬし、勘違いしておるのではないか」

芥川はあくびを漏らした。

「なにを……」

「おれはな、南町奉行所の同心でもおぬしの家来でもござらん」

「それはそうだが……」

はっとしたように鳥居は口を半開きにした。

「水野越前の兵法指南役だぞ。とは申せ、これ次第で考えぬこともない」

悪びれることもなく、芥川は金を要求した。

「はっきりと申すものよ。だがな、わが南町にも優秀な密偵はおるぞ」

鳥居は強がった。

「そりゃそうだろうが、町奉行所の隠密《おんみつ》同心が、韮山代官の要職にある江川を探るのは差《さ》配違《はい》いじゃないのか」

「そんなことはどうにでもなる」

「それならばだ、おぬしの親父のことが発覚してもいいのか。林大学頭は大塩平八郎などという謀反人《むほんにん》と関わっておった。それどころか、公儀の役職を世話しようとしておったなどと、世の中に知られてよいのか」

芥川はせせら笑った。

「貴様っ……、わしを脅《おど》す気か。そもそも、そんな密書があるなど、噂に過ぎぬわ！」

鳥居は顔を歪めた。

「強がっておるが、内心ではびくびくしておろう」

冷然と芥川は言った。

「おまえ、強気一辺倒だな」

「申しておくが、水野越前は高島秋帆や江川太郎左衛門を買っておるぞ」

「ふん、知っておるわ」

鳥居は鼻を鳴らした。

「江川にまんまとやられて、せっかく捕縛した高島が解き放たれてしまってもよいのか」

芥川は挑発する。

「わかった、いくら欲しいのだ」

「まずは、百両で勘弁してやる」

居丈高《いたけだか》な芥川の態度と言葉にもかかわらず、

「よかろう」

鳥居は応じた。

「うむ。よくわかっておるな」

「それで、江川が今回の大塩騒動の黒幕ではないとしたならどうする」

鳥居の問いかけに、

「こいつは、妖怪奉行とは思えぬことを申すものよ」

芥川はにんまりとした。

「なにを」

鳥居は怒りを呑み込む。

「おわかりであろう」

「そうか、よくわかったぞ。江川がまことの黒幕なのかどうかはどうでもよいのだな。江川が黒幕だとでっち上げればよいということか」

鳥居の口元が緩《ゆる》んだ。

「さようでござる」

大真面目に芥川は答えた。

「よかろう。百両をやる」

鳥居は内与力の藤岡伝十郎を呼ぶと、時を置かずしてやって来た藤岡に、金百両を持ってくるよう命じた。藤岡はちらっと芥川を見てから奥に引っ込んだ。

百両が届く間、

「ところで、その方の術、心の一方に似た兵法を使う者がおるのじゃ」

「どのような技だ」

「その方のようにな、手を翳しただけで相手を吹き飛ばしてしまう技じゃ」

「ほう、で、一体何者が使うのだ」

「今は死んだと思われるが、菅沼外記と申して公儀御庭番であった」

「御庭番が……ああ、聞いたことがあるぞ。菅沼流気送術と申すとか。心の一方とは似て非なる兵法だ。丹田に気を集め、その気を吐き出すことによって相手を時に卒倒《そっとう》させる。しかし、その技、容易に身につけられるものではない。心の一方もだがな」

「菅沼の気送術と戦い、勝てるか」

「菅沼外記は死んだのではないのか」

「死んだはずじゃ。ああ、死んだぞ。死んだはずだが、折に触れ、生きているのではないかと思う時がある。菅沼外記も大塩平八郎同様、亡霊がのさばっておるようだな」

「おぬし、菅沼外記の亡霊にも祟《たた》られているのか」

芥川は笑った。

「笑いごとではない。そもそも菅沼外記を亡霊にしたのは水野さまじゃ」

「大塩平八郎を亡霊にしたのは鳥居耀蔵だろう」

「無礼者！」

「ああ、おれは無礼者だ。だがな、おぬしが大塩を亡霊にしたんだろう」

「違う。わしは、大塩が死んでから、大塩の罪を弾劾する文書を書いたに過ぎない。そのわしの弾劾文をお取り上げになったのは水野さまなのじゃ」

「大塩を貶《おとし》めるために、おぬしは根も葉もない醜聞を書きたてた。大塩が怨霊《おんりょう》となってもおかしくはないぞ」

「ほざけ。大塩は御公儀に叛旗を翻した悪逆非道の男なのだ。それほどの恨みを呑んで死んだとなれば、自業自得よ」

「ならば、亡霊退治をするまでだな」

芥川が言ったところで百両が届いた。二十五両の紙包みが四つ、三方《さんぼう》にのっている。鳥居は一つの紙包みを取り、それを破ると小判を五枚抜き取った。その五両を自分の財布に戻し、残りを芥川に手渡した。

「持ってゆけ」

芥川は鳥居の吝嗇《りんしょく》ぶりを呆れるように見てから、

「これで済むと思うな」

恩着せがましいくらいの傲慢《ごうまん》さで受け取った。

「ならばこれでな」

右手を上げ、芥川は立ち去った。

芥川がいなくなったところで、植込みから同心が現れた。

犬山恭介である。

「犬山、芥川なる妖術使い、何者なのか調べよ」

鳥居は冷酷《れいこく》な目で命じた。

「承知しました」

犬山は立ち上がった。

「おまえも見ておったろう。恐るべき妖術を使う男じゃ。くれぐれも用心しろ」

鳥居は念押しをした。

犬山が立ち去ってから、

「あのような怪しい男を使ってよいのですか」

藤岡が心配そうに問いかけてきた。

「あのように癖《くせ》のある男の方がよほど、仕事ができるというものじゃ」

「しかし、無礼にも程があろうかと思います」

「折り目正しいが役に立たぬ男と非礼だができる男、おまえならどちらを使う」

「それは、やはり仕事ができる男でございます」

「ならば、文句はあるまい。それにな、わしに向かってあれだけずけずけと物を申したのじゃ。それなりの覚悟があってのことであろうよ」

鳥居の言葉に藤岡は黙り込んだ。小さく息を吐き、右手で膝を叩くと、

「父上の墓参りをする」

鳥居は立ち上がった。

二

南町奉行所を出ると芥川は神田川《かんだがわ》へと向かった。それを犬山が尾行《びこう》している。

神田川沿いの柳原《やなぎわら》通りを両国《りようごく》へ向かって歩き、浅草御門の先に軒《のき》を連ねる船宿《ふなやど》の暖簾《のれん》を潜った。

船宿の名前が夕凪《ゆうなぎ》だと確かめてから犬山は天水桶《てんすいおけ》の陰に身を潜ませた。川風が吹いてくるとはいえ、夕陽が差し、犬山はじっとりと汗ばんだ。

芥川は、

「女将《おかみ》、酒だ」

声をかけてから二階に上がる。

芥川は二階で酒が届くのを待ち、腕枕で寝そべった。

女将が酒を運んできた。

むっくりと半身を起こし、

「付き合え」

と、酌《しやく》をさせた。

「少しだけ」

女将は酌をした。

「下に犬が一匹、いるだろう」

芥川は窓を顎でしゃくった。女将は窓の外を見下ろす。

「八丁堀ですね。北ですか南ですか」

「南だ」

「感づかれたのですか」

「そんなどじではない。これからだ。これから、おれは世のため人のために役立つ。大塩を騙る者を老中の水野越前に突き出してやった。奴ら、水野の駕籠を襲った者だ。水野はすっかりおれを信用して鳥居に遣《つか》わしたというわけだ」

芥川は笑った。

「それなのに、どうして鳥居さまから目をつけられているのですか」

「目をつけられているわけじゃない。言ってみれば、おれの警固役だな」

「まあ、警固役。へえ、驚いた。警固する人より、されるあなたの方が強いのでしょう」

「それはそうだが。それより、大金が入ること間違いなしだ」

「この不景気なご時世にですか」

「この不景気なご時世だから、よいのだ。とりあえず、預かっておけ」

芥川は鳥居から受け取った九十五両を女将に渡した。

「これは豪勢だこと」

「まだまだ、稼ぐぞ」

美味《うま》そうに芥川は酒を飲んだ。

日が落ちても芥川は船宿から出てこない。

犬山は焦《あせ》った。いつの間にか出て行かれたのか。船宿に出入りする者の中に芥川の姿はなかった。

まだ、船宿にいるのか。

女との逢瀬《おうせ》を楽しんでいるのだろう。辛抱強く半刻（一時間）待ち、思い切って船宿に足を踏み入れた。

女将に十手《じって》を突きつけて部屋を改める。一階、二階に一組ずつ男女がいたが芥川の姿はない。商人風の男と深川芸者、若い僧侶と檀家《だんか》の女房、といった不義密通と僧侶の女犯の男女二人組だ。僧侶をしょっぴくわけにはいかないが、商人風の男をお縄にする気にもなれない。

こんな小物より鳥居の命令が絶対だ。

芥川に逃げられた。

裏から舟を仕立てて逃走したのだろうと考えたが、女将によると舟は出していないそうだ。

舟を使っていないということは船頭に尋ねても仕方がない。

「ちぇっ」

犬山は唇を噛んだ。

三

外記は相州屋重吉の扮装で観生寺にやって来た。

犬山の姿を探したが、今日はいない。外記は美佐江から庫裏《くり》の書院に呼ばれた。書院には江川太郎左衛門が座っていた。

「これは、江川どの」

外記が挨拶をする。

江川太郎左衛門、代々韮山代官を務める。歴代当主は「太郎左衛門」を名乗り、今の太郎左衛門には英龍《ひでたつ》の諱《いみな》がある。

江川の質素倹約ぶりは有名で、夏に蚊帳《かや》を使わない、冬に火鉢を使わない、衣服は木綿の単衣《ひとえ》で通し、食事は一汁一菜を貫いている。家屋敷の畳は擦《す》り減り、庭は手入れさせることなく雑草《ざっそう》が生《お》い茂《しげ》ったまま放置されているそうだ。

これは、なにも天保の改革が始まったからそうしているのではなく、改革以前からの暮らしぶりだった。

今日も江川は襟のすり切れた木綿の着物を身に着け、歩きやすさからか裁着け袴を穿いている。もっとも、着物は清潔に保《たも》たれ、身だしなみに乱れはない。

江川も丁寧に挨拶を返してきた。美佐江も挨拶をして、

「今日は、江川さまが是非《ぜひ》ともご隠居さまとお話がされたいとおっしゃられて」

「ほう、それはうれしいですな」

外記は一礼した。

美佐江は手習いがあるからと書院を出て行った。

江川は改めて外記に向いた。

「菅沼外記どのですな。上さまより、いざという時は頼れと紹介されました」

外記は付け髭と鬘《かつら》を取った。

「改めてよろしくお願い致します。菅沼外記でござる」

外記も丁寧に挨拶を返した。

「これからは、外記どののお力を益々《ますます》お借りしなければならなくなったと存じます」

「微力ながら尽くします」

「ところで、今回の大塩の騒ぎ、まこと寝耳に水の思いです」

江川は当惑している。

「読売は無責任にも大塩がオロシャから帰って来ると書き立てております」

外記が言うと、江川は苦笑した。

「あれは、大塩の死が確認された当時、拙者が漏らした言葉が原因でしょう」

江川は大塩が蝦夷地探検で知られる近藤重蔵《こんどうじゅうぞう》と意気投合していたと語った。近藤が大坂勤番《きんばん》御弓奉行を務めた時、若き日の大塩は蝦夷地や北方、ロシアについて話を聞き、ロシアに興味を示した。

「迂闊《うかつ》なことを申したと悔《く》いております。拙者は、大塩が近藤重蔵に影響され、蝦夷地探検を願っていたと、誰にともなく語ったのです。それに尾ひれがつき、大塩はオロシャに逃亡した、などという噂が一人歩きした次第……」

悔いるように江川は眉間に皺を刻んだ。

噂とはそんなものだと外記は得心し、

「大塩の亡霊が徘徊している裏で、何者が、いったい何を狙っておるのでしょうな」

「しかとは申せませぬが。おそらくは、金儲けでございましょう。あるいは、大きな欺《あざむ》きがあるのかもしれませんな」

「大塩の亡霊と関わるのかどうかわかりませんが、一つ、調べて頂きたいことがあるのです」

「承《うけたまわ》ります」

外記は居住まいを正した。

「韮山代官所の江戸屋敷で首を吊った者がおります。その者、正二郎《しょうじろう》と申す韮山の庄屋《しょうや》の倅《せがれ》でして、大変に算盤《そろばん》が得意、しかも生真面目な男でございました」

正二郎が首を縊《くく》った理由に心当たりはないという。

「ということは、殺しであるとお考えなのですか」

外記の問いかけに、

「殺されたのではと疑っております。あるいは、自害するよう追い詰められたのではと」

「江川どのがそこまでお疑いのわけはいかなることでございますかな」

外記は目をしばたたいた。

「大塩平八郎の密書を見つけたのは正二郎であったのです」

江川の言葉に外記は思わず半身を乗り出した。

「実はその密書、わたしは御庭番から渡され、拝読しました。一つ大きな疑問がありました。肝心の宛名が泥で消されていたことです」

「いかにも、あれは正二郎が泥で隠したのだろうと思うのです。本人は否定しておりましたが、ずいぶんと思い悩んでおったようです。後になってふと、気づいたのですが、そのことで何者かに脅されておったのかもしれません」

「何者か……と、申されますと」

「配置替えで先月に江戸屋敷に参ってから、正二郎はどうも、無断でよくどこかに出かけていたようでして」

「遊びを覚えたのか、あるいは誰かと会っていたのか……。その辺のところを探るということですな」

「何しろ、町奉行所に依頼するわけにもまいりません。真相がわかったところで、正二郎が生き返るわけではないのですが、せめて、正二郎が何に怯え、悩んでいたのかを知りたいのです」

切実な思いで語る江川に、

「大塩の亡霊に取り殺されたようなものですな」

感慨深く、外記は返した。

外記は江川と共に、本所南割下水《みなみわりげすい》にある韮山代官所の江戸屋敷へとやって来た。屋敷内にある正二郎が住んでいた長屋に案内された。住まいは正二郎の几帳面《きちょうめん》さを物語っている。きちんと整理整頓がなされていた。この部屋の梁《はり》に縄をかけ、首を吊ったのだとか。

会ったことも言葉を交わしたこともないが、外記は正二郎の冥福《めいふく》を祈って両手を合わせた。

それから、江川が、

「これは、正二郎の日誌です。役目ではなく、日々の出来事を自ら書き留めておったようです」

と、持ってきた。

外記は日誌を受け取り開いた。

日誌は江戸屋敷に着任した先月の十五日から綴《つづ》られている。几帳面な性格を反映した、きれいで極めて読みやすい文字であった。

そこには日々の勤務のことも細かく記されており、江川に仕える責任感が文面に満ち満ちていた。

「二十日、二十三日、四日、六日、七日……結構な頻繁さでお多福《たふく》という店に通っておりますな」

外記は言った。

「お多福は小田原《おだわら》に本店がございまして、出店《でみせ》が両国にあるのです」

小料理屋だそうだ。

「正二郎は酒がいける口だったのですか」

「それほど好きとは気づきませんでした」

江川は首を傾げた。

「行ってみます」

探索を引き受けたものの、外記は酒が飲めない。

しかし、正二郎が足しげく通っていた以上、行ってみる必要はあろう。

「正二郎はこの屋敷での付き合いはどうだったのでしょう」

「それが、仕事以外の付き合いはなかったようです。わたしも、正二郎と同じ係の者に話を聞いたのですが、正二郎と仕事以外に付き合いを持つ者はおりませんでした。着任して日が浅いということもあったでしょうが」

江川は責任を感じているようだ。

「故郷から離れた正二郎にとって、お多福は寂しさを紛らわせてくれる憩《いこ》いの場所であったのかもしれませんな」

外記は日誌を見た。

その日の夕暮れ、外記は菅沼組配下の義助《ぎすけ》を誘い、両国のお多福へとやって来た。

義助は棒手振《ぼてふ》りの魚売りを生業にしている。紺の腹掛けに半纏《はんてん》、股引《ももひき》という格好だ。

お多福はこぢんまりとしているが雰囲気のいい店だ。

かなり高齢で独り身の主人と若い女中で店を切り盛りしている。女中は小柄で美人ではないが、黒目がちな瞳がくりくりとして愛嬌《あいきょう》のある顔立ちであった。

小机で向かい合い、腰掛代わりの酒樽《さかだる》に二人は座った。義助が酒を頼み、

「料理は……鯵《あじ》のたたきに谷中生姜《やなかしょうが》、これにはね、酢味噌《すみそ》をたっぷり添えてくれよ。あとは奴豆腐《やっこどうふ》……それから、何がいいかな」

と、女中に尋ねた。

「蒲鉾《かまぼこ》ですね」

満面の笑みで女中は答えた。明るい人柄が容姿とぴったり合っていて、客商売にはうってつけだ。

やはり、小田原名産の蒲鉾を勧められた。

「じゃあ、蒲鉾をもらおうか」

頼んでから外記にそれでいいかと確認してきた。構わんと外記は短く答えた。

愛想《あいそ》よく女中は台所に引っ込む。

「何の変哲《へんてつ》もない小料理屋ですね」

義助は店内を眺め回した。

「そうだな」

外記は茶を飲んだ。

店内の客はまばらである。さして繁盛《はんじょう》はしていないようだ。

「わしに遠慮するな。むしろ、酒を飲んだ方がいい。口も一層滑《なめ》らかになるからな」

外記に勧められ、

「なら、遠慮なく」

義助は飲み始めた。

小机に料理が揃い、まずは飲み食いを続ける。ほろ酔い加減となったところで義助は女中を呼んだ。

「蒲鉾、美味いねえ。正月くらいじゃないと、食べられないからありがてえよ。この店は小田原に縁があるのかい」

言葉を尽くして、蒲鉾を褒め上げた。

「本店は小田原なんですよ」

女中は答えた。はきはきとした口調で素直な受け答えに好感が抱ける。

「そうかい、ここに出店っていうのは、やはり、大久保さまのご家中がいらしてくれるのかい」

「大久保さまのご家来衆はいらっしゃいますね」

「そうか、実はさ、おいら、見ての通り棒手振りなんだ。でね、この近くの韮山代官所の江戸屋敷にお出入りしていたんだよ」

「まあ、そうなんだ」

「それでさ、この店の評判を正二郎っていう手代さんから聞いたんだよ」

「正二郎さん……」

女中の顔が曇った。明朗さが影を潜めた。

「知ってるのかい」

「ええ……ですけど、それが何か……。このところ、顔を見せないんですよね」

「気の毒なことになっちまったよ。自害したんだ」

しんみりと義助は言い添えた。

絶句した後、女中は竹《たけ》と名乗った。

「お竹ちゃん、ちょっと、正二郎さんのことで話を聞かせてくれないかな」

「あの、どんなことでしょう」

お竹は警戒心を抱いたようだ。

「いや、なんでもいいんだけど、ちょいとばかり聞かせておくれよ」

義助の頼みをお竹は躊躇っている。

「頼むよ」

両手を合わせて義助はお竹を拝んだが、

「でも……」

口ごもっていたが、お竹は客に呼ばれて席を離れてしまった。

四

明くる日、今日は聞き出してやると気負い、義助はお多福へとやって来た。

往来には陽炎が立ち上り、そよとも風は吹かない油照《あぶらで》りの昼下がりだ。お竹は手拭《てぬぐい》を姉《あね》さん被りにし、店の前で打ち水をしていた。土の濃厚な匂いが鼻腔《びこう》に忍び入る中、義助はお竹に歩み寄った。肩から天秤棒《てんびんぼう》を外し、盤台《はんだい》をそっと下ろす。

「活《い》きがいい鰺だよ。どう」

気さくに義助が持ちかける。お竹は警戒心を抱いたようだが、光る鱗《うろこ》を見ると笑みを漏らした。

「ただでいいよ」

義助の厚意を、

「そういうわけにはいかないわよ」

お竹は右手を左右に振った。

「かまわねえよ」

押し付けるようにして義助は受け取らせる。お竹はうなずき店の中に入った。義助も天秤棒を担ぎ、お竹に続いた。主人はいない。がらんとした店内を横切り、調理場に入った。

「正二郎さんのこと、聞きたいんでしょう」

お竹は水で俎板《まないた》を洗いながら尋ねてきた。

「そうさ」

「どうしてなの。義助さん、正二郎さんのことを知っているの」

「懇意《こんい》にしていたわけじゃないが、あの御屋敷に出入りしていたんでね、いつも、優しく声をかけてくれたんだ。だからね、首を縊ったって聞いて、驚いたのなんの」

義助は目を見開いた。

「とっても、真面目な人だったわ」

「この店には一人で来ていたのかい」

「一人の時もあったけど、浪人さんと一緒が多かったですよ」

「その浪人に脅されていたんじゃないかな」

「脅されているようには見えませんでしたよ。だって、いつも、浪人さんの方がご馳走《ちそう》していたんですもの」

浪人は正二郎の弱みを握って脅迫をしていたわけではないようだ。では、浪人は正二郎の死には無関係なのだろうか。

「その浪人、どんな面相《めんそう》だったかな」

義助が問いかける。

「そうですね……」

お竹は真剣に考え始めた。黒目がちな瞳がくりくりと動いた。ひょっとして、正二郎はお竹に好意を抱いていたのでは、と義助は思った。

「何処にでもある顔かい」

「いいえ」

お竹は首を左右に振った。

「というと……」

義助は首を捻った。

「一目見たら、忘れられないわ」

お竹は言った。

義助は春風を連れて、出直した。お竹は協力する気持ちになったと、人相書きの作成を受け入れたのだ。

春風はお竹の言う通り、人相書きを作成していった。温和《おんわ》な顔に笑みを浮かべ、時に泥鰌《どじょう》髭を引っ張りながら春風はお竹の言葉を絵に描いてゆく。お竹が迷っても催促《さいそく》したりはせず、にこにこしながら待ち続けた。それでも、思い出せないでお竹が悩ましい顔をすると、

「ほう、大したものだ。よく、そこまで覚えているね」

とか、

「お竹ちゃん、お客を大切にしているからそれだけ覚えていられるんだね」

などとお竹を気分よくさせ、半刻程で絵を描き終えた。出来上がった浪人の絵を見て、

「そうです。この顔です」

お竹は両手を打った。

「こいつはすげえ悪相《あくそう》だ」

義助は絵に見入った。

髪は総髪に結っていて、顔は髭で覆われている。目つきは悪く、決して近づきたくない男だ。

「ほんと、わたしもこれまで数多の顔を描いてきたが、これほどの悪人らしい顔は中々ありませんぞ」

春風も応じたが表情は引き締まっている。お竹に見せたのとは一変した険しい顔だ。義助はいぶかしみながらもお竹に、

「それで、この浪人、正二郎さんとどんな話をしていたのか、知らないかい」

「少なくとも、嫌々ではないようでしたよ。楽しそうではなかったかもしれませんが、それでも、普通に飲み食いをなさっていましたけどね」

お竹の証言を疑うわけではないが、義助は首を捻った。何故、正二郎はこんな男と飲んでいたのだ。

お多福を出てから春風が言った。

「絵に描いた浪人、芥川源丞だよ。老中水野越前守の登城行列が混乱した時、心の一方を使って大手門に導いた武芸者だ」

「へえ、芥川源丞っていうんですか。そんな浪人が正二郎と親しかったなんて妙ですね」

「ともかく、お頭に報《しら》せた方がいいな」

春風は顎鬚を引っ張った。


その頃、外記の屋敷を真中正助が訪ねていた。

「おお、しばらくだな」

外記は労《ねぎら》いの言葉を送り、上がれと言ったが、庭先に立ったまま真中は動かない。薄《うつす》らと無精髭が伸び、端整《たんせい》な面差しがひどくやつれて見える。身体も痩せたようだ。

真中は思いつめたような顔で、

「お頭、わたくしは気送術の会得にしくじりました。従いまして、菅沼組から抜けたいと思います」

と両手をついた。

容赦なく日輪の光が照りつけるのも気にならない様子で、真中は打ちひしがれていた。

「おいおい」

縁側に立ち外記は苦い顔をした。

「お頭、ご期待に応えられず、申し訳ございません」

顔中汗まみれとなり、真中は言葉を重ねた。

「しくじったと申したが、まだ修行を始めたばかりではないか」

「ですが、見込みはありません」

うなだれたまま真中は答える。

「諦《あきら》めるのは早すぎるぞ」

縁側から庭に降り、外記は真中の傍らに屈《かが》み込んだ。

「いいえ、わたくしには才能がないのです」

顔を上げたものの真中はしょげ返っていた。

「困った男だな」

「まこと、困った男でございます」

真中は頭を下げた。その拍子に汗が滴り落ちた。

そこへ、お勢と一八がやって来た。真中は一礼すると、手拭で顔や首を拭《ふ》いた。

真中が来ているのを見て、

「お疲れさまでしたね」

一八が言った。

真中は薄笑いを浮かべた。

外記は真中が気送術会得を諦め、菅沼組を去ると申し出たことを話した。

「そいつはいけませんよ」

一八はお勢を見る。

「そうよ、真中さん、諦めが早いってものよ」

お勢も励ます。

ここではなんだからと外記はみなを母屋に上げた。お勢が井戸に冷やしてある西瓜《すいか》を切ってきた。大きな皿に並べられた真っ赤な西瓜が涼《りょう》を運ぶ。小高い丘にある住まいは風通しがよく、軒に吊るされた風鈴《ふうりん》の音色が心地よい。真中の顔つきも幾分か和らいできた。

「お勢も一八も諦めが早いと申しておるぞ」

外記が語りかける。

「いえ、わたくしには無理です」

それでも、真中は承知しない。意地を張っているようだ。

「真中さん、無理、無理って、そう、決め付けないで、何度でも挑んだら」

お勢は身を乗り出した。

真中は返事をしない。

「真中、もう少し、修行を続けてはどうだ。何も高尾山に籠もることはない。これまで通り、うちに通ってくればよい」

改めて外記は勧めた。

「ですが」

真中は逡巡《しゅんじゅん》している。

「真中さん、ぐじぐじとはっきりしないのがあなたのいけないところよ」

強い口調でお勢は言った。

真中が顔を上げようとしたところで、

「お頭！」

弾《はず》むような声で義助が木戸門を潜って来た。庭を横切り、縁側までやって来ると天秤棒と盤台を置き、座敷に上がってきた。

額に玉のような汗が滲み、印《しるし》半纏がべっとりと背中に貼りついている。

半纏の袖で顔を拭いて、

「正二郎さんと一緒にお多福に通っていた浪人の人相書きですよ。まったく、悪そうな面《つら》をしていますぜ。春風さんが芥川源丞だって言ってましたよ」

義助は外記に人相書きを手渡した。

「芥川源丞！」

お勢が驚きの声を上げ、一八も、

「こりゃ、驚いたでげすよ」

二人の言葉にうなずき、外記は人相書きを受け取ってしばし見入った。義助がお勢たちに人相書き作成の経緯《いきさつ》を説明した。

説明が終わったところで外記は人相書きを畳に広げた。

「まさしく、芥川源丞ですな」

真中も断じた。

「なんだ、そなたら、芥川源丞を存じておるのか」

外記が問いかけると、

「この浪人、言いましたでしょう。あの妙な妖術使いですよ」

一八が答える。

「いくら斬っても刃が当たらない技を使う侍だわね」

お勢も言い添える。

真中は芥川に助けられたことを伝え、

「心の一方を使っておりました」

「高尾山に山籠もり、修験者の出、いかにもこの容貌《ようぼう》が物語っておるな」

外記は目を凝らし、人相書きに見入った。

「芥川は大塩一味を捕縛した功により、水野越前守の兵法指南役に取り立てられたそうです。それと、大塩一味を騙った者たち、中野石翁の家来でした」

真中は高尾山中で芥川と遭遇《そうぐう》した御堂での出来事を話した。

「中野石翁の家来たちだったとはな……ありえなくはないが」

石翁失脚工作が思い出される。

「石翁は水野、鳥居への復讐に燃える家来たちに、芥川に任せろと遺言したそうです」

「芥川は今回の大塩騒動に関係しておるのか」

「それが、家来たちは芥川に捕縛された際、石翁の望みを叶えてくれと頼んだのですが、芥川はにべもなく断りました。『石翁には義理はない』などと申しておりました」

「芥川源丞、何者であろうな」

益々、芥川への疑念が深まる。

そこへ、

「そんな芥川って浪人が正二郎さんとどんな関係があるんですかね」

義助が疑問を呈した。

「芥川という男、一体何を狙っておるのでしょう」

真中も興味を示す。

「あれこれ考えておってもらちが明かぬ。この上は芥川本人に確かめるとするか」

外記は言った。

「どうしますか」

真中が聞く。

「誘い出してやる。正二郎が死んだことは、江川どのは外部に漏らしてはおられぬ。従って、正二郎から誘いがあれば、芥川は出てくるはずだ」

「危ないですよ」

一八が心配そうに言った。

「なに、争うわけではない。あくまで芥川の考えを探るだけだ」

「気送術と心の一方の対決ってことになるのかしらね」

言ってからお勢は、楽しんでるわけじゃないと言い訳をした。

「お勢どの、気送術は見世物ではござらん」

真中らしい真面目さで抗議した。

「そりゃ、そうだけど」

お勢は口ごもる。

「気送術が負けるはずござんせんよ」

一八は言う。

「対決するかどうかはわからんぞ。芥川の狙いがわからん。わからん内にうかつなことはできぬ」

外記は言った。

「慎重に対応すべきだと存じます」

真中は言った。

「ともかく、庵斎のところへ行ってくる」

外記は立ち上がる。

「動き出しやしたね」

一八は言った。

五

四半刻（三十分）後、外記は浅草田原町三丁目にある村山庵斎の家にやって来た。

「また、一働きしてくれ」

正二郎の日誌を手渡した。次いで、この日誌を使うに当たっての説明を加える。庵斎は、

「芥川源丞という男、一体、何者なのでしょうな」

「それを見定めてやる。芥川は水野越前の懐に飛び込んだ。何か魂胆《こんたん》あってのことに違いない」

外記はごろんと横になった。

庵斎は外記の指示に従って正二郎の字に似せ、文を書いていった。

半刻程で偽の文を作り上げる。

「うむ、これでよい」

外記は満足そうに受け取った。

「ところで、真中が山籠もりから戻ってきたのだ」

真中が気送術会得がうまくいかず、思い悩んでいることを伝えた。

「生真面目ですからな、真中さんは」

庵斎も案じた。

「そうなのだ。あいつは少し、遊んだ方がよいな」

外記は手でつるりと顔を撫でた。

「ともかく、芥川という男の企てが気になるところですな」

「まあ、これで暴いてやるわ」

外記は偽文をしげしげと見た。

翌日の昼時、義助は天秤棒を担いで水野屋敷までやって来た。裏口の門番に芥川さまへお渡しくださいと文を託《たく》した。


指定した刻限、近くの稲荷《いなり》で外記は芥川を待ち受けた。

木陰に身を入れ、蟬の鳴き声が降り注ぐ中、立っているだけで汗ばむ。やがて、芥川らしき男がやって来た。人相書きの通りの男である。芥川は正二郎の姿を探すが、むろん正二郎の姿はない。手水舎《ちょうずや》で水を飲み、境内に佇んだ。

外記は芥川に近づく。

芥川は外記に気づき、怪訝《けげん》な表情で見返した。

「芥川どのですな」

外記が声をかけると、

「貴殿は……」

いぶかしみながら芥川は問いかけてきた。

「拙者、青山と申して、韮山にて手習いを教える者でござる」

外記は言った。

「ほう、韮山で……すると、正二郎を教えたのかな」

言いながら芥川は正二郎を探し求めるように首を伸ばした。

「正二郎は死にましたぞ」

外記が告げると、

「死んだ……」

芥川は僅かに首を捻った。

「韮山代官所の江戸屋敷で首を吊りました。つまり、自害ですな。わしは、何ゆえ正二郎が自害に至ったのか知りたいと思うのです」

「それでおれを呼んだのか。偽の文を仕立てて」

芥川は目を凝らした。

「いかにも、芥川どのは正二郎と懇意にしてくださったようですな。よく、馳走をしてくださったとか」

「それがいかがした」

「正二郎の話を聞いてくださったのではござらぬか」

「まあ、それなりに」

「何と申しておりましたかな」

「まあ、色々と思い悩んでおるようではあったな」

「その悩み、大塩平八郎の密書が関係していたのではござらんか」

ずばり迫った。

「そうか、貴様、それが狙いか。大塩密書で儲けようと企んでおるのであろう」

芥川はにんまりとした。

「実はそうだ。わしはな、今回の大塩騒動、何者かが意図して噂を流していると睨《にら》んでおる。噂を流す目的は金、そう考えるのが当然ではないか」

「それはそうだ」

「わしも一口乗せて欲しいものだな」

「調子のよいことを申すな。おれはまだ大塩騒動に関わっているとは申しておらんぞ。第一、初めて会ったのだ。おまえのことを信用しろと申す方が無理だろう」

値踏みするように芥川は目を凝らした。

「わしが信用できぬか」

「当たり前だ」

「どうすれば信用してくれるかな」

た。


「そうさなあ……」

芥川は楽しむかのように笑みを浮かべた。外記は表情を硬くし、芥川の言葉を待ち受けた。

芥川は少し間を置いてから、

「江川太郎左衛門が大塩騒動の黒幕であるという証拠を見つけ出せ」

芥川は乾いた口調で言った。

「証拠……江川が大塩騒動に関わっていなかったらどうするのだ」

「わかりきったことを言わせるな。関わっておらなかったなら、でっち上げればよかろう」

「ほう、そういうことか。して、江川を大塩騒動の黒幕に仕立てると金になるのか」

「たんまりと稼げるから申しておる」

「分け前はもらえるのだな」

「むろんのこと。そなた、韮山で寺子屋をやっており、正二郎と懇意にしておったということは、江川とも面識があるのであろう」

「ある。安心せよ。それよりも、正二郎は大塩密書について何を悩んでおったのだ」

「そんなことは知らなくてもよかろう」

「それはできぬ。正二郎はわが教え子だぞ。教え子が首を縊ったのだ。それは、見過ごしにはできぬ」

「なるほどな。ま、いいだろう。教えてやる」

芥川は勿体《もったい》をつけるように空咳《からせき》をこほんとした。それからおもむろに、

「正二郎が見つけた密書の宛先はな、林大学頭であった。しかし、林の旧事《きゅうじ》を暴き立てれば、鳥居からどんな目に遭わされるか怖くなり、泥を塗って宛名をわからなくしたそうだ」

外記は宛名を消したのが、随分新しいことを思い出した。やはり、何者かが消した、そしてそれは正二郎の仕業だった。

「密書の宛先が林大学頭として、それに怯える正二郎の気持ちはわかるが、それにしても自害にまで追い込まれるものか。まさか、鳥居が父の名誉に関わると、口封じに動いたのではあるまいな」

外記が鳥居に疑念を向けると、

「鳥居が正二郎の口を封じたとは考えられん。正二郎は韮山代官所の江戸屋敷で首を縊ったのだろう。狡猾な鳥居のこと、刺客《しかく》を送るなら、屋敷外で自害に見せかけて殺させるのではないか」

芥川は明確に否定した。

「なるほど、密書は箱根山中で韮山代官所が見つけたとまでは知ったとしても、正二郎が発見したとまではわからなかったのかもな。ところで、密書は今何処にあるのだ」

次なる外記の疑問に、

「密書は将軍に渡ったようだが、鳥居はそれ以外にも江川太郎左衛門が持っていると見当をつけておる」

「疑り深い鳥居らしいな。ああ、そうだ。先ほどの疑問に戻るが、正二郎は自分が拾ったのだと鳥居に知られることに怯えていたということだが、拾っただけで南町奉行の鳥居が罪に問えるものか」

「そこが妖怪奉行ではないか。これまで、鳥居の行ってきた所業を存じておろう」

「尚歯会を摘発した際には会の者らが海外渡航を企てているとありもしない罪をでっち上げた」

「そして、大塩を極悪人に仕立て上げるため、息子の嫁と不義密通をしておるとでっち上げた」

芥川は薄く笑った。

「町奉行となってからも、奢侈《しゃし》の取り締まりに際しては、隠密同心に高価な着物を買い求めさせ、売った店を摘発するというあくどいこともやったな」

「そんな鳥居だぞ。でっち上げの罪をなすりつけて正二郎を捕縛し、拷問《ごうもん》を加えてあることないことを吐かせる。江川太郎左衛門の罪状をでっち上げるかもしれぬ。そんなことになれば、恩ある江川さまに申し訳ないと思い悩んだとしても不思議はあるまい」

芥川はわかるなと確かめるように口を閉ざした。

「話はわかった」

外記はうなずいた。

「ならば、青山、江川を探れ」

居丈高に芥川は命じた。

「よかろう。して、鳥居からいくら巻き上げるつもりだ」

「千両はもらわんとな。おまえには、二百両やる」

「ずいぶんとしわいな」

「これはな、おれが見つけた稼ぎなのだ。おまえに手伝わせてやろうというだけでも感謝をしろ」

横柄な態度である。

「ま、よかろう」

外記はくるりと背中を向けた。

直後、芥川は抜き打ちを放った。

が、外記が前方に飛んだため刃は空を切った。

ふり返った外記に向かってにやりと笑い、芥川は納刀して立ち去った。

六

義助は再び、お多福にやって来た。

「お竹ちゃん、また、持って来たよ」

「ああ、ありがとう」

お竹は笑顔を弾けさせた。義助さんが持って来てくれた鰺が評判がよかったと喜んでくれた。

「お竹ちゃん、働き者だな。今日はね、鰺の他に鰯《いわし》もあるんだ。鰯を下魚《げうお》だって侮っちゃあいけねえよ。焼いてよし、甘露煮《かんろに》にしてもいける。おらあね、甘露煮を勧めるね。生姜と一緒に煮込むんだ。時をかけて、骨まで柔らかくするのがこつだよ」

つい、魚の話になると義助は饒舌《じょうぜつ》になってしまう。

「ありがとう。やってみるわ。でも、わたしは料理下手だから旦那さんに頼む」

朗《ほが》らかにお竹は答えた。

奥から主人の辰蔵《たつぞう》が顔を出した。辰蔵はお竹を見た。何故か案ずるような目だ。辰蔵は目をしょぼしょぼとさせた。暗がりでは目がよく見えないと言っていたが、今は朝とあって義助の顔を確認できるようだ。

「旦那、お届けした魚、いかがですかね。鰺と鰯なんですがね」

義助が問いかけると、

「義助さん、目利きだね。ほんと、いい魚は料理のしがいがあるよ」

それをお竹が引き取って、

「旦那さんはね、この年でも包丁さばきは衰《おとろ》えていないって言っているんですよ」

と、笑顔を見せた。

「そりゃ、大したもんだ」

義助は愛想を言う。

「ほんと、旦那さんは、大したものよ」

お竹も言い添える。

「ところで、兄さん、病気なんですって。お身体は大丈夫かい。あ、いや、こないだお客さんから聞きましたんでね」

お竹は病に倒れた兄を、一人で看病しながら働いているのだと、義助は店の常連客から聞き出していた。

「ええ、まあ」

お竹は顔を曇らせた。

すると辰蔵から、

「お竹、おつかいに行っておくれ」

声がかかり、お竹は店を出た。

辰蔵は疲れたように小上がりに腰掛けた。

「旦那、お疲れのようですね」

「いや、ね」

曖昧に笑みを浮かべた。

「どうしました」

「いや、それがね」

言い辛《づら》そうであったがやがて、

「お竹が心配でね」

「重病の兄さんを抱えて、お竹ちゃんは大変でしょうね」

「そうなんだがね……」

辰蔵の口調が重くなった。

「どうしたんですよ」

「ありゃね、兄なんて言っているけどね、ほんとはどうだか」

辰蔵は曖昧に首を左右に振った。

「っていいますと、兄妹じゃねえって」

義助は驚きの顔で返した。

「いや、おらがね、睨んでいるだけさ。これでもこっちの方の勘は鋭いんだよ」

照れたように辰蔵は言った。

「兄じゃないっていいますと」

義助が首を捻ると、

「決まっているじゃないか」

わかり切ったことを言わせるなと辰蔵は顔を歪めた。

「そうか、お竹ちゃん、いい人のために一生懸命仕事をしているんですね。兄さん、いや、いい人って何をやっているんだっけ」

「はっきり言わないけど、どうやら浪人らしいんだよ」

「へえ、そうなんですか」

「相当にいい男らしいよ。これはさ、うちの常連の話だけどね。だから、兄さんじゃないって考えているのさ。だって、お竹が侍の娘のわけないだろう」

「そうか」

「だからね、お竹のことが心配なんだよ。あいつのことがね」

「どんな風にだい」

「ほら、この前、首を縊った若いお人がいただろう」

「確か正二郎さんっていう、韮山代官所の手代さんでしたよね」

「そうなんだがね」

「どうしたんですよ」

「正二郎さん、だいぶお竹に貢《みつ》いでいたようなんだよ」

「貢ぐっていうと」

「言葉通りだよ。お竹はね、兄さんの薬代がいるって、ねだっていたよ」

「そうやって、正二郎さんから金を受け取り、惚《ほ》れた男に貢いでいたってことですか。なんだか、正二郎さんが気の毒になってきましたね」

「かといって、おらの口からお竹に文句を言うのもね。こう言ってはなんだが、お竹のおかげで店も繁盛しているんだよ」

お竹は確かに男好きのする顔をしている。客あしらいもうまい。正二郎ならずとも、惚れ込んでしまう男は多いに違いない。

「だからさ、おらがおまえさんにこんなことを話すのはだよ、おまえさんもお竹にぼうっとなって、ひどい目に遭わないようにって思ってさ、お節介かもしれないけどね」

「そいつは忠告ありがとうございます。あっしは大丈夫ですよ」

「誰だってさ、最初は大丈夫だって思うんだよ。そのうちにずるずるとのめり込んでいくって寸法だ。実際、おまえさん、うちに魚を届けに来ているじゃないか」

へへへと義助は小さく笑った。

「え、いや、こりゃ、まあね」

正二郎と一緒にいた、浪人の聞き込みだとは言えない。曖昧に義助は誤魔化した。

「ま、若いからさ、女に惚れて痛い目に遭うのもいいのだけれどね」

辰蔵はがははと笑った。

「用心しますよ。旦那さん、ありがとうね」

義助は言ってお多福を出た。

お竹の家を覗いてみた。

お多福から一町《ちょう》程歩いた長屋にあった。長屋の女房連中に愛嬌を振りまいてお竹の家を聞き出した。

裏手に回る。

狭い庭があり、縁側で一人の若い男が爪を切っていた。頭を丸めた色白の優男《やさおとこ》である。坊主でなく侍だとは、着流し姿の帯に差された脇差が示していた。見るからに女にもてそうな男だ。なるほど、お竹が夢中になったのも無理はない。

色白であるため、不健康には見えるが、取り立てて病人には見えない。辰蔵が言ったようにお竹は貢がされているのだろう。

通りかかった女房連中の一人に、

「あのお侍、ずいぶんと男前ですね」

「ああ、伏見《ふしみ》さんね」

「伏見さんとおっしゃるんですか」

「伏見隼人《はやと》、駿州《すんしゅう》浪人だってことだけど、どうなんだろうね」

女房は言った。

「どうしてです」

「だってさ、ちっとも強そうじゃないし。ほら、あんなひょろっとした身体でさ。ごろごろしていたかと思うと、どっかふらっと出かけていなくなっちゃうしさ。それで、そのたんびにさ、お竹ちゃん、気を揉んで大変なんだからさ」

女房は噂好きであった。

義助が聞きもしないのに、

「でね、あたしたち噂をしているんですよ。伏見さんって、他に女を何人も作っていてね、それで、その女んところを回っているんだってさ」

女房はけたけたと笑った。

「なるほど、そいつはありそうだね」

義助は伏見を眺め続けた。

「あたしゃ、早く目が覚めることを願っているんだけどね、若い時分にはいくら他人に言われたって、聞く耳を持ちゃしないんだよ。あんただってわかるだろう」

女房は何がおかしいのかけらけらと笑った。

「そりゃ、お竹ちゃんも大変だ」

義助も話を合わせた。

「それでね、あたしたち、あの伏見って男、ほんとはね、侍なんかじゃないって思うんですよ」

女房は言った。

「じゃあ、何者なんだい」

「勝手な想像ですけどね、役者崩れっていいますかね、田舎《いなか》芝居の役者で、食い詰めて侍のふりをしているんじゃないかって思うんですけどね」

「なるほどね」

そうかもしれないと義助も思った。

女房は言いたいことだけ言うと、さっさと去っていった。

義助は天秤棒を担ぎ、

「失礼します」

と、陽気な声をかけながら裏木戸から身を入れる。伏見はぼんやりとした顔を向けてきた。

「伏見さんですよね」

義助は声をかけた。

「そうだが」

伏見は生返事をした。

「いやあ、いい男でやんすね。男が見ても惚れぼれしますよ」

一八ばりに義助は褒め上げる。

「なんだ」

伏見はいぶかしんだ。

「魚、どうです」

「いや、用は足りているのでな」

伏見は生返事をして立ち上がろうとした。

と、不意に義助は天秤棒で殴りかかった。

無防備な伏見は頭を打たれ、顔をしかめた。

「何をするんだ」

丸めた頭を両手で抱え、端整な面差しが苦痛で歪んでいる。

「いや、すんません」

義助は両手をついた。

むっとして伏見は見返す。

「いや、一度試してみたかったんですよ。よくあるでしょう。武芸者相手にすきをついて斬りかかるって」

へらへらと義助は笑った。

「ふん、つまらぬことを」

伏見は頭をさすり瘤《こぶ》ができたと文句を言ったものの、怒りはしなかった。

「すんません、これ、取っといてください」

義助は盥《たらい》にある鯵を見せた。

気分を害した伏見は返事もしない。

義助は帰ろうとしたが、

「伏見さん、お竹ちゃんを大事にしてやってくださいよ」

義助は腰を折った。

しかし、無視して伏見は足の爪を切り始めた。

「けっ、優男め」

義助はため息をつき、長屋を後にした。

七

その日の夕暮れ、義助はお多福にやって来た。

よせばいいのにと思いながら、伏見のことを注意せずにはいられない。

お多福の暖簾を潜った。

「いらっしゃい」

今日もお竹は明るく挨拶をした。

「お竹ちゃん、熱いのをくれ」

燗酒《かんざけ》を頼んで腰掛け代わりの酒樽に腰を据える。お竹は一人の大工《だいく》から言い寄られていた。大工は玉簪をお竹に手渡し、

「なあ、お竹ちゃん、いいだろう。今度さあ、お寺参りにでも行こうぜ」

「ですから、兄が寝込んでいるんですよ。抜けられない」

「ちょっとくらいいいじゃないか」

大工はしつこい。

「また、今度」

やんわりとお竹は断った。

「なんでえ、ふん」

大工の機嫌が悪くなった。

それから目が据わり、

「よく言うぜ、兄さんなんてよ。ほんとに兄さんなのかい」

大工は邪険《じゃけん》な目で問いかけた。

「なにを言ってるんですか」

お竹の目は鋭くなった。

大工はお竹の腕を摑《つか》んだ。

「やめて」

お竹は手を振ったが、大工はしつこい。見かねて、

「やめろ」

義助は間に入った。

「うるせえ」

大工は声を大きくしたが、

「みっともねえって」

義助は大工の腕をねじり上げ、店の外に連れ出した。大工は渋々帰っていった。お竹が出てきて頭を下げた。

「義助さん、本当にありがとうございました」

「いや、それはいいんだけどさ。こんなこと言っちゃあなんだけど、兄さんが病っていうのは嘘なんだろう」

「ええ……」

お竹は目をむいた。

「伏見隼人って浪人、えらく男前だね」

「義助さん」

「悪いけど、見に行かせてもらったよ。だけど、あの人ははっきり言ってよくないよ」

「放っておいてください」

お竹はかたくなだ。

「そりゃ、余計なことだってよくわかっているよ。でもね、お竹ちゃん、いいように利用されてるだけだよ」

「そんなこと、わかっていますよ」

意外なことをお竹は言った。

「それだったらさ……」

「あんな男とは切れればいいってことはわかっています。でもね」

お竹は泣き出した。

義助は自分が悪いことをしたような気になってきた。


その足で橋場鏡ヶ池の外記の自宅を訪ねた。

「おお、どうした」

外記は芥川の望みをいかにすべきかを思案しているところだった。

「お頭、ちょいとお耳に入れておいた方がよろしいことがありましたんで」

義助に言われ、

「なんだ」

外記はあくびをした。

「実はですね、正二郎さんの首吊り、大塩の密書とは関係ないのかもしれないんですよ」

「なんだと」

意外な義助の言葉に、外記はおやっとなった。

「それが、正二郎はお竹に惚れ込んで、だいぶ貢いでいたらしいのですよ」

「貢いでいたとは」

「お竹は兄が患《わずら》っていると話したので、正二郎は薬代を貢いでいたのです」

義助はお竹が優男にほだされて、お竹自身も男に貢いでいると話した。

「そうか、なるほどな」

外記は渋面を作った。

「ですからね、正二郎、ひょっとして、代官所の金を使い込んでいたんじゃないですかね」

「すると、大塩の密書などという大袈裟なことではなく、色恋沙汰で自害したというのか」

外記は呆れたように言った。

「その可能性もあるってことなんですよ」

義助の言葉に外記はうなずき、

「これは、うかつなことであったのかもしれないな」

「お頭、思い込みが強すぎたのかもしれませんよ」

「おまえの申す通りかもしれんな」

外記は顎をかいた。

「お頭、こりゃ、もう一度、調べ直した方がよろしいですね」

「よし、わかった」

外記は考えをめぐらせた。


あくる日、外記は韮山代官所の江戸屋敷を訪ねようとしたが、その矢先に江川の方から訪ねてきた。

「これは江川どの、むさ苦しいところですが」

外記は母屋の座敷に迎え入れた。

江川はばつの頭を撫でた。ばつはうれしそうな鳴き声を発し、江川に親愛の情を示した。

「よい犬ですな」

「いや、どうして。人見知りをする性質《たち》でしてな、怯えるのですが、江川どのにはなついておりますな」

「受け入れてくれたのですな」

江川はうれしそうに微笑んだ。

「本日はわざわざお越しくださり、恐縮です」

外記は一礼した。

「いや、それが、実は外記どのを惑わせるような話をしてしまったと思いましてな」

「それは正二郎についてですな」

「まさしく」

江川はうなずいてから、

「実は、正二郎が公金を使い込んでいたことがわかったのです」

「やはり……」

「やはりとは」

江川は首を傾げた。

「実は、わが配下の者が、正二郎が一人の娘に惚れ込んでいたと聞き込んできたのです」

外記はその経緯を語った。

「そうですか、いや、まさしく、正二郎の自害のわけは使い込みにあったと。泥で宛先を隠したことは死とは無関係だったのですね」

江川は悔《くや》しげに唇を嚙んだ。

「まあ、それはそれで解決ということですが、一つ厄介《やっかい》なことが起きました」

外記は言った。

「何ですか」

「芥川源丞に会ってまいりました」

「それは興味深いですな」

「芥川は江川どのを大塩騒動の黒幕に仕立てようとしております」

「ほう」

江川は慌てることなくうなずいた。

「それで、拙者に江川どのを大塩騒動の黒幕に仕立てられるような証をでっち上げろと、申してきました」

外記は笑った。

「なるほど、そういう魂胆ですか」

江川は冷静であった。

「さて、どうしたものかと思案しておるところです」

「いや、それはわたしも考えてみます」

「うまくすれば、それを逆手《さかて》にとって、芥川、そして鳥居を追い詰めることができるかもしれません」

外記の言葉に江川は大きくうなずき、

「そうですな。わたしの身の破滅というよりも、日本国が心配です」

江川の考えは大袈裟ではないような気がした。鳥居は私怨《しえん》を晴らすためなら国も潰しかねない。

「外記どの、何でもおっしゃってください」

「相手は鳥居、どんな手を使ってくるかわかりませんぞ」

「覚悟の上です」

「わかりました」

外記もうなずいた。

八

しばらくして、義助はお多福を訪ねた。

暖簾を潜り中に入るとがらんとしている。お竹のいらっしゃいという明るい挨拶を期待していただけに拍子抜けである。

薄暗がりの中に辰蔵の陰影が刻まれていた。

「とっつぁん、お竹ちゃんはいないのかい」

義助が問いかけると、

「死んだよ」

辰蔵は力なく答えた。

「ええ」

言葉の意味がわからず義助はぼうっとなってしまった。

「死んだんだよ。大川《おおかわ》に身投げしてな」

辰蔵は言い添えた。

「そ、そんな。どうしてだよ」

「大方、例の男にふられたからだろうよ」

渋面を作り、辰蔵は言った。

「伏見さんですかい。伏見さん、どうしているんです」

「知らないね」

辰蔵は首を左右に振った。

お竹が身を投げたのは、昨晩のことだそうだ。今朝、自身番《じしんばん》から連絡を受け、遺体を確認したのだとか。

「まったく、だから、あんな男に惚れたらろくなことはないって」

辰蔵がぼやくのを聞き流し、義助は店を出た。

お竹の家にやって来た。

家は雨戸が閉じられている。先日話をした女房を見つけて、

「お竹ちゃん、身投げをしたんだって」

女房も目を丸くして、

「ほんと、気の毒にね」

「伏見さんはどうしたんだ」

義助が問いかける。

「行方知《ゆくえし》れずさ。薄情《はくじょう》なもんだよ」

女房は顔をしかめた。

伏見は一昨日以来、姿を見かけないそうだ。

「一昨日の晩だったかな、お竹ちゃんがえらく怒っている声が聞こえてね」

伏見に対して怒りをたぎらせていたそうだ。

「話の中身まではわからなかったけれど、大方、伏見さんの浮気をなじっていたんじゃないかね」

女房は、「なんまいだ」と両手を合わせて立ち去った。

伏見の浮気に怒り、喧嘩をして、伏見は出て行ってしまった。それに絶望してお竹は自害した。筋は通っているが、違和感がある。

お竹は言っていた。

こないだは、伏見が浮気をするのは許している、あれだけの男前なんだから、女は放っておかない、もてない男より、もてる男を亭主《ていしゅ》に持ちたいとまで言っていたのだ。

あれは強がりであったのだろうか。

伏見の話を聞きたいところだ。

それにしても、伏見隼人という男、つくづく罪作りである。女を食い物にする男だ。

果たして伏見はお竹が自害したことを知っているのだろうか。

伏見のせいで辛い目に遭っているのはお竹だけじゃあるまい。お竹のように自害にまで追い込まれるかどうかはともかく、同じように貢がされている女は多いのではないか。

「許せねえ」

憤《いきどお》って義助は空を見上げた。

そして、

「お竹ちゃん、仇は取ってやるぜ」

義助は固く誓《ちか》った。

さて、伏見の行方を探さねば。どうせ、女のところに転がり込んでいるに違いない。あの優男め。

義助の胸は怒りで一杯になった。もてない男のひがみじゃないぞと自分に言い聞かせた。

第三話　暴虐の救民

一

七月に入っても義助は伏見隼人の行方を追っていた。

菅沼組に関わりのない探索であるため、単独で行うしかない。必ず見つけてやると思いながら、天秤棒を担ぎ、市中を歩いている。

が、こんな探索の仕方で都合よく見つかるはずはない。日本橋から神田にかけて、長屋に入っては女房連中に伏見の人相書きを見せているのだが、成果は上がっていない。

すると、

「大塩味方」

「救民」

を叫ぶ一団が歩き過ぎていった。

周囲に行き交う人々は関わりを恐れ、慌てて逃げ惑った。

一味は米屋に押し込み、米俵《こめだわら》を持ち出し、あたり構わず通りすがりの者に米を与えていた。そればかりか、抗う奉公人を殴り倒し、女、子供にも情け容赦のない暴行を加えた。泣き叫ぶ子供に罵声《ばせい》を浴びせ、刃物で突き刺し、往来を血で染めた。

大塩一味を騙る打ち壊し騒ぎは凶暴さを増し、人々を震え上がらせている。

町奉行所の役人たちが出動したが、混乱を極めているため、収めることができない。指をくわえて事態が収まるのを見守ることしかできなかった。そんな奉行所を読売は非難し、事態収拾のために一日も早い大塩平八郎の帰還を訴えるようになった。

また、大塩を極悪人に仕立てたのは妖怪奉行鳥居耀蔵と老中水野越前守だと書き立てる読売も出回るようになった。

暦《こよみ》の上では秋だが、一向に涼しくならない残暑厳しい毎日は、過熱する大塩騒動を象徴しているようだった。

美佐江は手習い処を見回して、

「喜太郎《きたろう》ちゃん、どうしたのかしら」

このところ手習いを休んでいる喜太郎について周囲の子供たちに問いかけた。

子供たちはお互い、顔を見合わせて答えようとはしない。そんな中、一平《いっぺい》という腕白小《わんぱくこ》

僧《ぞう》が、

「喜太郎はさ、日輪塾《にちりんじゆく》へ通い出したんだよ」

と、言った。

「日輪塾……」

美佐江は首を捻った。

「そうだよ」

「何処にあるの」

「この近くだよ」

子供たちはそれきり興味を失い、話題は別に転じた。

その日、外記は美佐江と濡れ縁で言葉を交わした。

「日輪塾という塾があるのです。先月の中頃、近所に出来たのですが、少しばかり気になることがあります」

「それは」

「入門する人たちに施《ほどこ》しを行っているのです」

「炊《た》き出しとかですか」

「ええ。塾に入門する者以外にも、貧しい方々に炊き出しをやっておられるそうです」

ここまで語って美佐江は言い淀《よど》んだ。他の塾のことをとやかく言うことに躊躇いがあるようだったが、外記に切り出したからには話さねばならないと向き直った。

「粥《かゆ》などの炊き出しというのはわかりますが、子供たちには菓子、親たちには銭《ぜに》を渡しているのです」

銭は一人当たり、十文《もん》だそうだ。書籍代の足しにするよう渡されている。決して大金ではないが、銭を与えることを美佐江は危惧していた。

「なるほど、それで、塾の主宰者は何者なのですか」

「先生は伏見隼人という浪人だそうです」

あいにくお名前しか存じませんと美佐江は付け加えた。

「では、様子を見てきましょう」

「困った時はいつもご隠居さまに頼ってばかりで、申し訳ございません」

美佐江は丁寧に頭を下げた。

「いや、なんの」

外記は腰を上げた。

日輪塾へとやって来た。

観生寺から一町程、浅草寺の方に歩いた浅草田圃の中にあった。緑の稲に囲まれた三百坪程の敷地に生垣が巡らされ、茅葺《かやぶ》き屋根の母屋や物置、長屋が建ち並んでいた。

上野黒門町《うえのくろもんちよう》にある米屋、越前屋《えちぜんや》の寮を間借りしているそうだ。母屋の開け放たれた広間で講義が行われていた。庭には巨大な鉄鍋が三つ用意され、粥が炊かれている。塾の生徒ばかりでなく、粥を乞《こ》う貧しい者たちも集まっていた。

外記は母屋の中を見ようと、炊き出しの列に並んだ。炊き出しは、女たちがやっていた。みな、若い女ばかりである。粥を求める者の中には健康そうな男もちらほら見受けられる。彼らは粥より女たち目当てなのだろう。

外記は背中を丸め、よぼよぼとした足取りで列を進んだ。

若い男たちは粥を受け取っている間、盛んに女たちに誘いをかけている。女たちは嫌がる素振りも見せず、にこやかに応対した。如才《じよさい》ない態度であしらう姿は男慣れしているようだが、玄人《くろうと》のようではない。

やがて、外記の番になった。

椀を差し出す女はにこやかな笑顔を向けてきた。外記は軽くうなずいてから、

「ああっ」

低く呻《うめ》き、その場にうずくまった。

「まあ、お爺《じい》ちゃん、大丈夫」

心配して女も屈み込んだ。

「あ、ああ、すんません」

消え入りそうな声で答える。

「でも……」

危《あや》ぶんで女が周囲を見回すと、外記はばったりと倒れた。

「まあ、大変。しっかりして」

女たちが集まって来て、炊き出しに並ぶ若い男に外記を母屋に運ぶよう頼んだ。日輪塾には男の働き手がいないようだ。若い女ばかりが伏見隼人のために進んで奉公している。手当てを貰ってはいるのだろうが、伏見という男に惹かれてのことかもしれない。

外記は母屋の一室に寝かされた。

やがて、枕元に一人の女がやって来た。

「大丈夫ですか」

女は尼僧《にそう》であった。

白い頭巾を被り、紫地の法衣《ほうえ》を身にまとって慈愛《じあい》に満ちた笑みを浮かべていた。

「これは、どうも……」

外記は半身を起こした。

「寝ていらしてください」

「いや、もう大丈夫です。眩暈《めまい》がしただけですからな」

外記は右手をひらひらと振った。

「まあ、立ち眩《くら》みとは、病み上がりではないのですか」

「実は、このところ、ろくに飯を食べておりませんでな」

「それはいけませんね。気がつきませんで」

尼僧は女を呼び、粥を言いつけたものの、

「いや、粥よりも握り飯の方がよいでしょう」

親切にも頼み直してくれた。

内心で外記は嘘をついたことを詫びた。

「立ち入ったことを聞きますが、十分なお食事をとっておられぬとは、暮らしにお困りなのでは……」

「暮らしというよりは……お恥ずかしい、話ですがな」

外記は頭を搔いた。

尼僧は小首を傾げた。

「実は、女房に愛想を尽かされましてな」

自分は小間物屋の隠居なのだが、浮気がばれて、女房からお灸を据えられたのだと答えた。

「飯を食わせてもらえないどころか、口も利いてもらえない有様。いやあ、浮気の代償は高くつきました」

外記は頭を掻いた。

尼僧はぷっと噴き出した。

「ほんと、いけませんよ。女房を泣かしたり、怒らせたりする殿方《とのがた》は、極楽には逝けません。これに懲《こ》りたら、お上《かみ》さんを大事にしてあげてください」

外記は頭を垂れた。

そこへ、女中たちが握り飯を運んで来た。

大ぶりの握り飯二つと沢庵《たくあん》が添えてある。握り飯に巻かれた海苔《のり》が食欲をそそる匂いを運んでくる。

「さあ、どうぞ」

尼僧に勧められ、遠慮せず外記は握り飯をぱくついた。両手で摑んだ握り飯を交互に食

べる外記の健啖ぶりを目《ま》の当たりにして、

「よほど、お腹が空いていらしたのですね。その召し上がり方を見れば、ご隠居さんはいたって壮健《そうけん》、お上さんに十分な孝行ができますよ」

尼僧は感心してみせた。

外記はあっという間に握り飯を平らげてしまった。食べ終えたのを見て尼僧はお茶を勧めた。

外記は茶をすすってから、

「ところで、こちらの塾は、ええっと、日輪塾とおっしゃるそうですが、炊き出しもやっておられますな。こう言っては失礼ですが、少々変わった塾ですな」

「この塾の主宰者、伏見隼人どのは学問と共に人の道を説《と》いておるのです」

ここで尼僧は月栄尼《げつえいに》と名乗り、自分も微力ながら伏見を手助けしていると言った。

「人の道ですか」

「そうです。人はどう生きねばならないのか。人は他人の役に立たねばなりません。働くとは、傍を楽にするということです。特に、上に立つ者は下々を助ける、弱き者を助けるということです。また、知ることと行うことは一致しなければなりません」

「知行合一、陽明学ですな」

「ご存じのようですね」

「読売で仕入れた知識ですよ。このところ、大塩味方とか大塩一味などと囃し立てております。読売によりますと、大塩は陽明学者で知行合一を叫んでおったそうです。すると、伏見先生も陽明学者でいらっしゃいますか」

「陽明学を学ばれましたが、学者ではありません。学問を究めようと思われたそうですが、世を憂《うれ》え、わけても民の困窮《こんきゅう》を見過ごすことできず、このような私塾を開いたのです。どうです、ご隠居さんも、一度、講義をお聞きになったらいかがですか」

月栄尼はごゆっくりなされませと、部屋から出て行った。

二

外記は伏見の講義に出た。広間のすみにちょこんと座り、黙って耳を傾ける。

伏見隼人は小ぎれいな萌黄色の小袖に空色の袴を身に着けている。頭は丸めており、青々とした剃り跡が艶《つや》っぽく光っていた。顔だけ見ると眉目秀麗《びもくしゅうれい》な青年僧のようだが、身形と腰の脇差が武士であると告げている。歳の頃は二十四、五といったところか。

講義といっても、昼間は子供たちへの手習いばかりである。伏見は温和な表情で優しく声をかけ、習字を指導している。濡れ縁に座っている女たちがいる。子供たちの母親だった。わが子の学びぶりを見守っている。

ところが、実際、子供たちを見守っているというよりは、母親たちは伏見の顔をぼうっとした目つきで見ているのだった。

役者顔負けの伏見の男ぶりに熱を上げているようだ。

「やれやれ」

外記は苦笑してその場を去った。

夕暮れとなり、外記は再び日輪塾へとやって来た。幸い、夕風には涼が感じられる。

炊き出しの行列はない。そこで、外記は大きな鉄鍋の陰に身を潜ませた。

開け放たれた広間に町人たちが集まっている。特別に警戒もされない。伏見も用心をしている風でもない。当然といえば当然かもしれないが、子供たちに対する顔つきとは違う。

目元が引き締まり、眉間に憂鬱な影が差していた。

「知行合一」

伏見は口を開いた。

優男然とした面持ちの通り、やや甲高い声音である。

男たちは神妙に聞き入っている。

「ならば、本日は……」

おもむろに伏見は書物を手に取った。

町人相手に陽明学の講義をする気だろうか。

伏見は、

「三国志演義《さんごくしえんぎ》であるが」

と言った。

町人たちはうれしそうに頬を緩ませた。

三国志の話をするのか。外記は意外であった。

「この三国志演義と申すは物語である。正史《せいし》である三国志が書かれてから、およそ千年の後に羅貫中《らかんちゆう》という物語作者によって書かれた。物語と申してもな、嘘八百ばかりが綴られておるわけではない。しっかりと三国の歴史を踏まえた物語が展開され、魏《ぎ》、呉《ご》、蜀《しよく》の興亡が見事に描き出されておる。書かれておる戦《いくさ》を学べば少なからぬ教訓も得られる」

と、厳《おごそ》かな口調で前置きをしてから、伏見は三国志演義を語り出した。町人たちは興味深そうに聞き入っている。外記も読んだことがあるから、物語の筋は頭に入っているのだが、改めて聞き入るような魅力に富んでいる。

物語の面白さもさることながら、伏見の語り口が絶妙である。声音もよく、時折挟む漢文の調べが心地よい。

いつの間にか、庭から白粉《おしろい》の香りが漂ってくると思ったら、女房連中がちらほら入ってきて聞き入っている。

「ちょっとした見世物だな」

外記は呟いた。

話は、「桃園《とうえん》の誓い」に及んだ。

「我ら同年同月同日に生を得ずとも、同年同月同日に死すを欲す」

と、朗々《ろうろう》とした声音で伏見は語った。

女房たちはうっとりとなった。

伏見は場を見渡すと、

「みな、共に読み上げようではないか」

みなが背筋を伸ばし、伏見と一緒に、「同年同月同日……」と唱和《しようわ》した。

「もう一度」

伏見が促す。

今度は町人たちだけで声を揃えた。

「もっと、大きな声で！」

伏見が煽《あお》る。

町人たちは繰り返す。

「だめだ、もっと、大きな声を出せ！」

伏見の両目は血走った。

町人たちの声音にも熱が籠もってきた。

常軌《じょうき》を逸している。

伏見隼人、町人たちを扇動《せんどう》しているのではないか。

何度も「桃園の誓い」を繰り返した後に、

「何事も志《こころざし》を一つに集めれば大事《だいじ》は成るということだ」

伏見は声を低め、静かに伝えた。

町人たちは目を見張って聞き入っている。女房たちの中には涙を流す者もいた。

すっくと立ち上がり、伏見は続けた。

「大塩平八郎、天下の謀反人と思われておるが、大塩こそ知行合一の者だ。大塩の門弟たちは志を一つに民のために立ち上がった。不幸にも裏切りによって事は成就《じょうじゅ》しなかったが、大塩の志を受け継ぐ者は後を絶たぬ。我ら志を受け継ぎ、暴利を貪《むさぼ》る商人どもに鉄《てっ》槌《つい》を下そうぞ」

町人たちは伏見の気力に呑み込まれ、言葉を発せられずにいる。その中で一人の若い男が立ち上がった。半纏に腹掛けという身形からして大工のようだ。

案の定、若い男は大工の仁吉《じんきち》だと名乗り、

「あっしは無学な大工ですがね、先生のお陰で目が覚めましたぜ。救民、知行合一、こんなあっしでも命を張ってやりゃ、お役に立てますかね」

興奮で声を高ぶらせる仁吉を包み込むような目で伏見は見返し、

「仁吉さん、実に立派だ。志を立てるに身分の上下、学問の有無は関係ありません」

言葉遣いも、過激で扇動するものから教え諭《さと》す穏やかで丁寧なものになった。

「ありがてえ。なら、あっしはどうすりゃいいんですかね。あっしゃ、先生についていきますんで。先生のためなら命を捨てる覚悟です」

「仁吉さん、命は軽くありません。わたしの命もあなたの命も、もちろんここにお集まりのみなさんの命も等しく尊《とうと》いです。今日は仁吉さんの気持ちがわかっただけでうれしく思いますよ」

伏見に言われ、仁吉は涙ぐんだ。

「危うい……」

外記は伏見を見上げた。

過激さを増す大塩一味を騙る者たちの打ち壊し騒ぎ、何人もの男女、しかも、子供の命まで奪う暴徒《ぼうと》たちのことが頭に浮かんだ。

もしや、この連中が大塩一味を騙っているのではないか。伏見隼人、放ってはおけない。しかし、どうして幕府は見過ごしているのだろう。暴徒と伏見を繋ぐ証がないのだろうか。だとしても鳥居にしては及び腰だ。証があろうがなかろうが、有無を言わせず摘発し、それから一方的な吟味《ぎんみ》で断罪するのが妖怪奉行、鳥居耀蔵ではないのか。

鳥居らしからぬ傍観ぶりに、外記は強い疑念と不穏さを感じた。

数日後の朝、日輪塾に、

「お助けください！」

と、悲鳴を上げながら一人の女が飛び込んで来た。髪を振り乱し、裸足《はだし》である。着物の裾も乱れている。

炊き出しの準備をしている女たちが、

「どうしたのですか」

心配そうに声をかけ、女に近づく。

「て、亭主に……ら、乱暴されて」

女は悲痛な声で訴えかけた。

そこへ、

「てめえ、こんなところに逃げ込みやがって」

亭主と思われる男が入ってきた。

頭を丸め、派手な小紋の着物を尻はしょりにして、紅色の股引を穿いている。見るからにかたぎではない。

「やめなさいよ」

女たちは男の前に立ちふさがった。

「あんたらには関係ないよ。あたしのかかあなんだ、あたしが連れて帰るだけ」

男が言うと、

「知らないよ。こいつが勝手につきまとっているんですよ」

女は逆らった。

すると、月栄尼がやって来た。炊き出しを受けようとやって来た男女は野次馬根性《こんじょう》丸出しでやり取りを見守っている。

月栄尼は男の前に立ち、

「帰りなさい」

恐れることなく言った。

「かかあを連れて帰るんだよ」

男が抗うと、

「あなた……お名前は」

月栄尼は名乗ってから問いかけた。

「あたしはね、一八って見た通りの幇間だよ」

一八に続いて、

「勢と申します」

お勢は月栄尼に腰を折った。

お勢と一八は外記の依頼で日輪塾を探索するため潜入してきたのだ。

「お勢さんね。で、お勢さんは旦那と一緒に帰りたいのですか」

「まっぴらです」

お勢はきっぱりと断った。

「なにを！」

一八はむきになって腕を捲《まく》り、拳を握った。

月栄尼は涼しい顔で、

「お勢さんは嫌だとおっしゃっていますよ。一八さんとやら、お引き取りください」

「なんだなんだ、ここは縁切り寺じゃありませんよね。尼さんに帰れなんて指図をされたくないでげすよ」

一八はむくれた。

「あたしは帰りたくない。帰って、手を上げられたんじゃやたまったもんじゃないからね」

お勢は言い募った。

お勢の気持ちを確かめた月栄尼は、任せなさいというようにうなずき返し、

「一八さんがおっしゃるように、ここは縁切り寺ではありません。ですから、夫婦別れをせよと申しておるのではないのです。しばらく、こちらで預からせてもらいます。あなたが、心から悔い、二度とお勢さんに手を上げないとわたくしが見極めたなら、お帰ししましょう」

引導を渡すかのように言った。

「なら、今、この場で約束しますよ。もう二度と手を上げません」

言ってから一八は扇子を広げぱたぱたと扇いだ。

「調子がよいのは幇間という職ゆえなのでしょうが、わたくしの見たところ、少しも悔い

てはおられませんね。お勢さん、わたくしと参りましょう」

月栄尼はお勢を促し、中に入ろうとした。

すると、

「帰るんだよ」

一八がお勢の手を掴んだ。

お勢はきっとした目で、

「何すんだよ！」

金切り声を上げ、平手《ひらて》で一八の頬を打った。

——パチン——

それはきれいな音がし、一八はうずくまってしまった。炊き出しを手伝っていた女や施しを受けている男女もこれには喝采を送った。

「てやんでえ、覚えてやがれ」

一八は捨て台詞を吐いて日輪塾を後にした。

頬を撫でながら浅草寺に向かって畦道を歩いていると外記が待っていた。

「中々の名演であったな」

外記が褒め上げると、

「いやあ、あたしより、お勢姐さんですよ。何も本気でぶたなくてもいいのに」

一八が頰から手を離すと、なるほど、真っ赤に腫《は》れていた。外記は思わず噴き出してしまった。

「姐さん、あたしに恨みがあるんじゃないですかね」

一八は顔をしかめた。

「お勢の奴、夢中になってしまったんだろうよ」

外記は礼金だと一分《ぶ》金を渡した。

一八はたちまち機嫌を直し、満面の笑みで受け取った。

「お勢姐さんのこってすからね、必ず、伏見隼人って野郎の化《ば》けの皮を剝がし、どす黒い企てを暴きたてますよ」

一八の言葉にうなずき、

「わしも期待しておる」

「お頭は、伏見隼人って野郎が今回の大塩騒動に関係しているって踏んでいらっしゃるんですね」

「そうだ」

外記はうなずいた。

三

その日の朝のこと、芥川源丞は南町奉行所の役宅に鳥居を訪ねた。

母屋の濡れ縁に腰掛ける芥川に、

「貴様、もっとましな格好をしろ」

鳥居は苦い顔で注意をした。

「これはこれは、奢侈禁止令、贅沢華美《ぜいたくかび》を取り締まっておられる妖怪奉行さまのお言葉とは思えぬな」

おどけて芥川は返した。

「何も、贅沢な着物をまとえと申しておるのではない。地味な木綿の着物でよいから、清潔に致せ。月代を剃って髷を結い、髭を剃れ、湯屋には行っておるのか」

「余計なお世話だ。これでも湯屋には行っておる」

「髪結い床《どこ》にも行けばよかろう」

「月代を剃らぬのは浪人である証だ。月代を剃らぬということは兜《かぶと》を被らぬ、すなわち、戦には出ないということだからな」

「そんなことは存じておる。月代はともかく、その……むさ苦しい髭くらいは剃れ」

「あいにくとな、通っていた髪結い床は両国西広小路《にしひろこうじ》にあったのだが、御改革のあおりで潰れてしまったわ」

天保の改革により、両国広小路の床見世《とこみせ》は撤去された。鳥居は渋面を作り話題を変えた。

「それで、江川太郎左衛門を大塩騒動の黒幕に仕立てること、進んでおるのか」

「江川の江戸屋敷にも探索の手を伸ばしておるぞ」

「まさか、そなた、その……ひと際目につくきたならしい風体で、探りを入れておるのではなかろうな」

「きたならしいは余計だが、手助けをしてくれる者を探し当てた」

「何者じゃ」

「浪人だ」

「素性《すじょう》は確かか」

「浪人だぞ、素性確かなわけがなかろう」

芥川にやりこめられ、鳥居は苦笑した。

芥川はおもむろに、

「江川とは別にな、大塩騒動の黒幕かもしれぬ男を見つけたぞ。いや、実際はこの男こそ大塩騒動の黒幕であろうな」

「ほう……」

鳥居の目は警戒に彩られた。

「なんだ、疑っておるようだな」

「そんなことより、何者じゃ」

ぶっきらぼうに鳥居は問いかけた。

「浅草田圃で、日輪塾とか申す私塾を開いておる浪人、名は伏見隼人とか申したな。浪人を名乗っておるが、侍であるかどうかもわからん。旅芸人とおれは見た」

「芸人が浪人のふりをしておるのか」

「頭を丸めた優男でな、見るからに女にもてそうな男だ。あの、なよっとした身体を見れば武芸の鍛錬を行っておるようには思えぬ。言ってみれば、おれとは正反対だな」

かかかと愉快そうに芥川は笑ったが、鳥居はむすっと口を尖らせた後、

「おまえは伏見とか申す浪人こそが、大塩騒動の黒幕だと確信しておるのだな」

「おれは間違いないと睨んでおる」

「馬鹿に自信があるようじゃが、その自信の拠《よ》り処《どころ》を申せ」

「あの者の講義を聞けばわかる。伏見は町人どもを焚《た》きつけておる。盛んに知行合一を説き、大塩の行いを義挙《ぎきょ》と教えておるぞ。町人どもに書籍代だと称して銭をやり、炊き出しなどもしておって、手なずけておる」

「なるほど、怪しい男よな。して、伏見なる浪人、大塩騒動の黒幕となって何を狙っておるのだ」

「救民だの世直しだのと申しておるが、本当のところは金儲けだろう。伏見の日輪塾は上野黒門町の米屋越前屋の寮だ。越前屋の競争相手の米屋に対し打ち壊しをさせ、米の値を吊り上げ、大儲けしようと企んでおるに違いない」

「上野黒門町の越前屋か、確か娘を大奥に上げ、お美代の方さま付きの奥女中になっておったな。ま、そのことはよい。これ以上、大塩一味の暴挙を許してはならん。根元から絶たねばな」

鳥居は顎を掻いた。

「おれの考えに賛同するのだな」

「確かな証が欲しいのう」

「南町で伏見を摘発せぬのか」

「扇動しておるというだけでは、摘発はできぬな」

「妖怪奉行さまとは思えぬ及び腰だな」

「わしは何もごり押しするばかりではない。確たる証があれば、いつでも摘発する」

「踏み込み、摘発すればよかろう。伏見を捕縛して拷問にかければよいではないか。これまでのおぬしならそうするはずだ。ずいぶんと気弱なことよ」

「おまえの指図は受けぬ」

鳥居はそっぽを向いた。

「わかったよ。勝手にしろ。でもな、打ち壊しが続いてもおれは知らぬぞ。読売を読んだが、いたいけな子供まで殺されたそうではないか。大塩騒動の黒幕を捕縛すれば、妖怪奉行さまもたまには良いことをすると評判を高めるのではないか」

芥川の挑発に鳥居は乗らず、

「それより、江川の方、ちゃんと進めるのだぞ」

面目を保つように険しい顔をした。

「わかっておる」

小馬鹿にしたように芥川はあくびをして出て行った。

外記は南町奉行所の奉行役宅、裏門前で芥川が出てくるのを待った。

四半刻（三十分）程で芥川が出て来た。

「おお、おぬしか」

相変わらず無愛想極まる物言いで芥川は声をかけてきた。

「江川太郎左衛門を陥れる一件、思うようにいかぬ」

「正二郎の線から手繰ったのではないのか」

「それがな、正二郎、どうやら、大塩絡《がら》みで自害をしたわけではなく、色恋沙汰で公金に手をつけたことを苦にしての首吊りだったのだ」

外記は困ったものだと言い添えた。

芥川は外記の目論見《もくろみ》が外れたことを小馬鹿にしたように鼻で笑った。外記はむっとしたように返した。

「しかし、ちょっと、面白いことがあった」

芥川は言葉を発しないで目で聞いてきた。

「貴殿も存じておろう。お多福の女中」

「名は忘れたが」

「お竹と申したのだが、正二郎はお竹に貢いでおった。そして、お竹は伏見隼人なる浪人に貢いでおった。お竹は伏見に捨てられ、自害をした」

「色恋話には興味なしだ」

乾いた口調で芥川は断じた。

「まあ、聞け。その伏見を意外なところで見つけた。伏見はな、日輪塾なる怪しげな塾を主宰し、町人たちを扇動しておる。大塩の志を継げとな」

外記は言った。

ここに至ってようやくのこと、芥川は興味を抱いたようで外記を向いた。

「奇妙な偶然であろうかな」

「さあな」

「大塩騒動の黒幕と思《おぼ》しき男が浮上したのだ。鳥居も喜ぶだろう」

「それがな、喜ばぬのだ」

「江川を陥れることにしか興味を示さぬのか」

「それもある。実は伏見にはおれも目をつけ、たった今、鳥居に報告したところでな」

芥川は鳥居が何故か伏見捕縛には及び腰であったと言い添えた。

「何故であろうな」

「知らぬな」

「鳥居でも遠慮する何事かがあるのだろうか」

「さてな」

芥川は興味なさそうに立ち去った。

その頃、お勢は日輪塾で炊き出しの手伝いをしていた。生暖かい風に砂塵《さじん》が舞い、燃え盛る薪《たきぎ》でお勢も女たちも汗だくだ。それでも、女たちは一言の文句もなく、むしろ、嬉々として働いている。

「よかったわね。あんな妙ちきりんな男と切れて」

炊き出しをしている女の一人が言った。

女はお福《ふく》といい、深川で芸者をやっていたそうだ。

「お勢さんは……」

「あたしは常磐津の稽古所を営んでいたのよ。だけど、このご時世だろう、稽古所は閑古鳥《かんこどり》が鳴いてしまって。おまけに、亭主っていったら、幇間なんだから、これまた仕事にあぶれちまって。それで、このところ、喧嘩が絶えなくなってしまってね。亭主は働かないで朝から酒を飲んでるの。ほんと、愛想がつきてしまったわ」

お勢はため息を吐《つ》いた。

「まったく、こんな鬱屈したご時世、一体、いつまで続くのやらね。ほんと、大塩さまが帰ってきてくださらないことには息が詰まって死んじゃうわよ」

　お福はため息混じりに言った。

「あれかね、あたしは難しい学問はわからないけど、伏見先生は大塩さまが教えていられた、ようめいなんとかって学問を広めていらっしゃるのかい」

「先生は大塩さまの教えを広めているというか、推奨《すいしょう》しておられるのよ」

「そんなことしたら、お上にしょっぴかれるんじゃないの」

　お勢はぶるっと全身を震わせた。

「わたしたちもね、そう思って怖がっていたんだけど、月栄尼さまが大丈夫だっておっしゃってね。絶対に御奉行所は踏み込まないって」

「どうしてなの」

「あんまり、立ち入ったことはお聞きしないんだけど、月栄尼さまはお偉いさまと繋がりがあるようだよ」

「へえ、そうなんだ。月栄尼さまって、品のありそうなお方だよね。どんなお方なんだろうね」

　お勢は月栄尼に恐怖心を抱いた。慈悲深そうな笑みの下に隠れた顔とは何だろう。

「お偉いさんと繋がりのあるお方が、大塩さまと関わっていいのかね」

お勢の疑問に、

「その辺のことはわからないけどさ、まあ、嫌な妖怪奉行さまも手出しできないっていうのが痛快じゃないかい」

お福は愉快そうに笑った。

「それもそうだね。近頃、こんなに痛快なことはないよ」

お勢も合わせた。

「もうそろそろ出来上がるよ」

鉄鍋の蓋が吹き立ち、粥の煮えた匂いが漂った。

早速、炊き出しを受ける者たちがやって来た。

「さあ、並んで」

お福の声に合わせ行列ができた。

四

明くる日の昼下がり、鳥居は江戸城に出仕し、老中御用部屋で水野忠邦と面談に及んだ。

「今回の大塩騒動、やはり、黒幕は江川太郎左衛門のようでございます」

鳥居が報告をすると、

「江川とな」

信じられぬというように水野は切れ長の目を鳥居に向け、証はあるのかと問い返した。

「証は近々にも手に入ります」

自信たっぷりに返した。水野が異を唱《とな》えようとしたところで、

「思わぬ御仁《ごじん》が大塩騒動に関わっておるようでございます」

鳥居は声を大きくした。

「誰だ」

「月栄尼、すなわち、お美代の方さま付きの上臈《じょうろう》、滝川《たきがわ》でござります」

「なんじゃと」

水野は目をむいた。

「月栄尼め、大人しくしておればよいものを、性懲《しょうこ》りもなく大塩を利用して、水野さまや拙者に揺さぶりをかけ、いや、失脚に追い込もうとしておるのでござります」

「しかしな」

水野は苦虫を噛み潰したような顔になった。

「あの寺の醜聞が思わぬ形になりましたな」

鳥居は言った。

あの寺とは日蓮宗《にちれんしゅう》、中山法華経寺の子院、智泉院である。昨年の十月、智泉院は寺社奉行阿部正弘によって摘発された。寺の住職日啓が女犯の罪を犯していたとがに問われたのである。大奥の奥女中たちが中山法華経寺に参詣名目で訪れた際、若い僧侶たちと逢瀬を楽しんだ。大変な醜聞であった。しかし、日啓が大御所徳川家斉の寵愛を受けた側室お美代の方の実父であるため、幕府は摘発に及び腰であった。

それが、家斉が薨去《こうきょ》し、お美代の方の養父で幕閣に強い影響を及ぼしていた中野石翁の失脚によって、寺社奉行阿部正弘が摘発に動いた。阿部は家斉やお美代の方に累《るい》が及ばないよう、あくまで日啓と坊主だけを処分し、寺を破却した。お美代の方は押込となり、大奥に築いていた隠然たる勢力を失った。

「阿部さまが智泉院の摘発に及んだのは、水野さまの指示であったとは公然の秘密、お美代の方さまは、養父中野石翁を追い落とし、その上、実父を遠島に処したと、水野さまを深く恨んでおられましょう」

「わしばかりか、そなたも恨みを買っておろうな。中野石翁を詮議し、失脚に追い込んだのは目付であったそなたじゃからな。ということは、こたびの大塩騒動、お美代の方の企てと考えるか」

「大塩が頼っておったのはわが父、林述斎。そして水野さまは不正無尽に関与した幕閣のお一人。大塩に関わる我らの弱味を握り、月栄尼は揺さぶりをかけておるのではと」

鳥居は言った。

「その日輪塾、潰せぬか」

「それは、反動が大きいと思われますな」

「そうであろうな。ここはしばし、様子見としようぞ」

水野は断じた。


外記は義助と共に日本橋魚河岸《うおがし》の一膳飯屋《いちぜんめしや》にいた。

鮪《まぐろ》の漬《づけ》で飯を食べている。

白く光る飯とは対照的な真っ黒な鮪の切り身は一見して不気味であるが、稀《まれ》なる美味さだと外記は知っている。見ているだけで生唾《なまつば》が湧いてきた。

堪《たま》らず掻き込み、夢中で咀嚼《そしゃく》した。

「鮪、美味いのう」

外記は目を細めた。

「でしょう。鮪を食べない手はありませんや。これからはもっともっと食べられるようになりますよ」

義助はうれしそうだ。

「そうだな」

外記も心底から賛同した。

「ところで、お頭。お竹ちゃんの自害なんですけどね」

「気の毒なことであったな」

「それがどうにも許せない野郎がいるんですよ」

義助はお竹を自害に追いやった優男の浪人、伏見隼人の話をした。

「伏見だと」

外記はおやっという顔になった。

「お頭、ご存じなんですか」

義助は勢い込んだ。

「知っておるもなにも」

外記は一瞬の戸惑いの後、伏見の日輪塾のことを語った。

「ふざけた野郎だ」

義助は立ち上がった。

「おい、伏見のところへ行くのか」

「決まってますよ」

言い置くや義助は飛び出した。

「おい、義助」

外記が止める間もなかった。


義助はその足で日輪塾へとやって来た。

炊き出しに並ぶ連中を掻き分ける。母屋の縁側に伏見が腰掛けているのが見えた。義助はまっすぐに歩いていった。

「伏見さん」

義助が声をかける。

伏見は端整な面差しをこちらに向け、

「ああ、そなた、棒手振りの」

「義助ですよ」

「そうであった。どうしたのだ。入塾希望か」

「冗談じゃねえや。あんた、お竹ちゃんが大川に身を投げたこと、知っているのかい」

凄《すご》い剣幕《けんまく》で問いかけた。

「ほう、それは知らなかった」

伏見は呟いた。

「あんたに振られて身を投げたんだよ」

義助は責めるような目をした。

「気の毒だが、拙者は振ってなどはおらぬがな」

「惚《とぼ》けるのかい」

「惚けてなどおらぬぞ」

「散々、女を作っていたんだろう」

義助は言った。

「正直に申して、深い仲になった女は一人や二人ではない」

しゃあしゃあと伏見は答えた。

「なんて、野郎だ」

義助は怒りで顔を真っ赤にした。

「何を怒っておる」

伏見の問いかけに、

「おい、こりゃあな、もてない男の僻《ひが》みかもしれねえけど、女を食い物にする奴が、人さまを教えるなんてこと、できるのかよ」

義助は啖呵《たんか》を切った。

ここで炊き出しに当たっていた女たちがこちらを向いた。

「なんだ、あのちんぴら」

お福が騒いでいる義助を険《けん》のある目で睨み、お勢に言った。

お勢は、

「あの馬鹿……」

小さく呟いたつもりだったが、

「ほんと馬鹿だよ」

お福は言うと、

「みんな、先生を責める連中は放ってはおけないよ。とっちめてやろうよ」

と、炊き出しの女に声をかける。

「そうだ」

と、女たちも誘いに乗った。

「お勢さんもどう」

お福に誘われたが、

「あたしはいいよ。だって、炊き出しの人数が足りなくなっちゃうだろう」

お勢は言った。

「あ、そうか。ま、いいや」

お福は義助の方に向かった。

義助が睨むと、

「そういう考えもあるが、拙者、もっと、大所高所に立って物を見ておる」

抜けぬけと伏見は言った。

「高い所からじゃ、物は見えやしねえよ」

義助は腕をまくる。

「拙者はな、女性《によしよう》を食い物にしていたわけではない。拙者、貴殿も知っての通り、武芸はからっきしだ。だがな、志はある。今の世を正す、苦しむ民を救うという高邁《こうまい》な志がな。それゆえ、女と仲よくなる拙者の特技を使って、少しばかり、銭金を稼いだというわけだ」

「よくも、抜けぬけと言えたもんだね」

「本当のことだから仕方がない」

「それで、泣く女もたくさんいる。お竹ちゃんみたいに命をなくした者だっているだろう」

「お竹には気の毒なことをした」

伏見は両手を合わせた。

「よくも、この」

義助は拳を振り上げた。

そこへ、

「ちょいと、先生に何をするんだよ」

お福を先頭に女たちがやって来た。みな、目を吊り上げ、親の仇に会ったような勢いである。

義助は女たちに向き直り、

「あんたらも、この優男に騙されているんだぜ」

「馬鹿なことをお言いでないよ」

お福は抗った。

「目を覚ましなよ。この男はな、とんだ、すけこまし野郎なんだぜ」

義助は声を大きくした。

「あのね、あんた、勘違いしているようだけど、あたしたち、先生が方々に女を作っているのは知っているんだ。だって、こんな男前なんだからね。でもね、あたしら、それでいいんだ。先生は高邁な志をお持ちなんだ。その先生のお役に立てるだけで、あたしら、うれしいんだよ」

お福が言うと、みなそうだそうだと賛同した。

「あんた、もてない男の僻みで先生を責めるんじゃないよ。さっさと出ていきな」

お福は啖呵《たんか》を切った。

辰巳芸者らしいきっぷのよさだった。

「目を覚ましたらどうだよ。この色男に騙されているんだぜ」

義助がいくら言い立てようが、お福や女たちは聞く耳を持たないばかりか、

「この野暮《やぼ》、帰りなさいよ」

まるで石でもぶつけそうな勢いで追い立てた。義助は逃げるようにして日輪塾から出て行った。

お勢は戻ってきたお福に炊き出しを代わってもらい、少し休みたいと申し出て義助の後

を追った。

四辻《よつつじ》で追いついた。

「義助さん」

お勢が声をかけると義助は立ち止まって振り返った。

「こりゃ、お勢姐さん」

「お勢姐さんじゃないわよ。さっき、日輪塾に押しかけて来ただろう」

「どうして知ってるんですよ」

「あたし、日輪塾で炊き出しを手伝っているのよ。もちろん、伊達《だて》やすいきょでやっているわけじゃないわよ。父に頼まれて探っているんだけどね」

「探るっていいますと」

義助がきょとんとしたため、お勢は目についた小さな稲荷に引っ張り込んだ。

「日輪塾っていうのは今回の大塩騒動の元凶じゃないかって、父が目星をつけたのよ」

お勢から説明され、

「へえ、そんなことが。いや、あっしはね、可哀《かわい》そうなお竹ちゃんのために、伏見って女たらしをとっちめてやろうってやって来たんですよ。とにかく、伏見ってのはとんでもねえ女たらしでしてね」

怒りに任せ、義助が捲し立てるのを制し、

「さっき、耳に入ってきたから話さなくてもいいわよ」

「そうですか」

物足りなそうに義助は口をつぐんだ。

「伏見の話だと、女に貢がせたのは日輪塾をやるためだってことだけどね」

「きっと、裏によからぬ目的があるんですよ」

「それを探るのがあたしの役目なんだけどさ」

お勢は思案した。

「あっしで何か手伝えるんだったら、何でもしますぜ」

義助は言った。

「そんなこと言ったって、あんた、ぶち壊してしまいかねないからね」

「そんなこと、おっしゃらねえでくださいよ」

義助は頭を掻いた。

「そうだ。新鮮な魚を明日にでも届けておくれな。それで、宴会でもしたいのよ」

「おやすい御用です」

義助は気を取りなおした。

お勢は日輪塾に戻った。

さりげない様子で鉄鍋の前に立つ。

「妙な男が騒いでいたけど、大丈夫かしら」

お勢はお福に聞いた。

「先生は気にしておられないよ」

お福は心配ないと繰り返した。

「なら、いいんだけど」

お勢は大広間を見た。子供たちが集まり、伏見は何事もなかったかのように手習いを指導している。

「先生は元はどちらの御家中だったのかしら」

お勢の疑問に、

「あたしたちも知らないの。言葉にお国訛《なま》りは感じられないから、お旗本じゃないかって、噂していているけどね」

そんなことはどうでもいいじゃない、というような顔つきでお福は答える。大名の家臣であっても、上士の家柄ならば、お国言葉を話さない者は珍しくはない。だから、旗本とは決められない。義助によると、伏見は武芸はからっきし駄目だそうだ。極端な考えだが、侍の振りをしているとも十分に考えられる。

「先生、お酒は召し上がるのかしら」

お勢は猪口《ちょこ》を傾ける真似をした。

「召し上がるわよ」

以前、炊き出しを手伝ってくれるお礼にと、酒を振る舞ってくれたそうだ。その時、伏見は相当に飲んでいたそうだ。


翌日の昼下がり、義助は天秤棒を担いでやって来た。義助の顔を見るなり、

「なんだい、性懲《しょうこ》りもなく、また来たのかい」

お福たちは険《けん》のある目を向けた。

「いや、そうじゃねえんだ。あれからね、あんたたちの話を聞いて、自分が間違っていたんじゃねえかって思ってさ。それで、これ、先生やみなさんで食べてもらおうと思って、持って来たんだよ」

義助は盤台を見せた。

「まあ、見事な鯛《たい》だよ」

お福が言うと、女たちが集まって来た。盤台の中に二尾の黒鯛がある。目の下一尺《しやく》はあろうかという鯛の鰭《ひれ》が黒光りしていた。女たちの喜びように伏見もやって来た。義助は頭のねじり鉢巻《はちまき》を取り、

「昨日は失礼しました。つい、頭に血が上っちまって」

義助は深々と腰を折った。

「いや、別に気にしておりませんよ。それより、見事な鯛ですね。義助さんとおっしゃったか。あなた、確かな目利きをしておられますね」

伏見は盤台に屈んだ。

「せめてもの、お詫びってわけでして」

「わかりました。ちゃんと、代金はお支払いしますよ」

「それじゃあ、お詫びになりませんよ」

「いけません。詫びは頭を下げたことで済んでいます」

伏見は財布から金を出し、遠慮する義助に無理やり受け取らせた。この伏見の振る舞いに女たちはうっとりとなった。いかにも女たちの目を意識した行いに、義助は伏見の欺瞞《ぎまん》を感じた。

その気持ちを笑顔で押し包み、義助はぺこりと頭を下げた。

「本当に、申し訳ございませんでした」

「気にせず、なんでしたら、講義を聞きにきなさい。魚河岸の仲間も一緒にね」

「いや、あっしも仲間も学問なんてやる者はいませんや。難しい本を読むと、寝てしまうか、頭が痛くなる連中ばっかりでしてね」

義助は頭を掻き掻き、日輪塾から出て行った。

お勢が、

「立派な鯛だこと。先生、今宵は鯛を肴《さかな》に一杯、召し上がってください」

伏見は応じて、

「せっかく、こんな立派な鯛が手に入ったのだ。わたし一人で食するのは勿体《もったい》ないし、食べ切れもせぬ。これを肴にみなで一杯飲もうぞ」

みなから歓声が上がった。


その晩、大広間では宴会が開かれた。

女たちは大いに盛り上がった。お勢は持参した中棹《ちゅうざお》の三味線を持ち出し、奏《かな》で始めた。

夜の澄んだ空気に凜と張り詰めた三味線の音色が響き渡る。

みな目を細めて聞き入った。

「さすがは、常磐津のお師匠さんだ」

お福が賞賛の言葉を投げかける。

宴《うたげ》は大いに盛り上がり、

「ならば、この辺りでお開きとしようぞ」

伏見の言葉で宴は終了を迎えた。


伏見は縁側で一人座り、酒を飲んでいる。

辺りには誰もいない。お勢は銚子と杯《さかずき》を持って伏見の側に座った。

「お疲れさまです」

お勢は酌をした。

「ここには慣れたかな」

伏見は優しげな笑顔を向けてきた。

「みなさん、とても親切にしてくださいますので」

お勢は笑みを返す。

「それはよかった。ここでは遠慮することはないのだよ」

「ありがとうございます。先生はみなさんに慕《した》われてとてもお偉いですね」

「いや、義助さんの言ったようにわたしは女たらしだ」

伏見は酒を向けてきた。お勢は猪口を差し出す。

「女たらしのわたしでも、今のご時世には憤りを感じる。何かせねばならないと思い、私塾を開いたのだ」

「立派ですわ」

お勢は上目づかいに見返す。

「お勢さんは、常磐津の師匠さんだったね。先ほどの三味線、見事な音色であったよ」

「それしか取り得がありませんから」

お勢は三味線を引き寄せると撥《ばち》で鳴らした。

伏見は月を見上げた。

撥を動かしながらお勢は唄い始めた。艶のある声が蕭条《しょうじょう》と響き渡る。

伏見の目が細まった。

ここでお勢は撥を頭上高く掲げ、

「先生」

吐息《といき》混じりに呼びかけた。

伏見がこちらを向いた。

お勢は撥を振り下げ、ひときわ大きな音を鳴らした。

心地よい三味線の音色と、お勢の艶のある声音によって相手の警戒心を解き、脳内深く仕舞いこまれている本音を引き出す技だ。

言わば、三味線催眠術《さいみんじゅつ》である。

「先生」

改めて呼びかける。

「なんだ」

伏見は問い返した。

「今日の月はきれいですね」

「そうだな。だが、お勢さんには負ける」

目元を赤らめ、ほろ酔い加減となった伏見は歯が浮くような世辞《せじ》を言った。

「うれしいわ。でも、誰にでも言っているのでしょう」

「そんなことはないよ」

「本当かしら〜」

節《ふし》をつけお勢は返した。

「本当だ。わたしの女になってくれ」

にこやかに伏見は返す。

「でも、先生はみなさんの先生ですよ。それに……、先生には高邁な志があるのでしょう」

「志はある」

伏見は乗ってきた。

お勢の目が光った。

五

「聞かせて〜」

お勢は艶のある声音で問いかける。

「救民、民を救うこと」

「もっと、具体的に、おしえて〜」

「陽明学の教えを広める」

優男然とした伏見の顔は理想に燃えてはいるものの、本音を語っているとは思えない。

お勢はひときわ忙しく撥を動かした。

しかし、伏見の表情は動かない。

「先生、本音を聞かせて～」

お勢は訴えるように言った。

伏見の目が光り、

「本音か。心の底からそなたを愛でたい」

と、お勢を抱き寄せた。

お勢は身をよじりながら、

「三味線が乱れます」

と、抗った。

「三味線はよい」

伏見は三味線を奪い、縁側に置いた。

「三味線などは無用、三味線などなくとも愛は奏でられる」

伏見は女たらしの本性を現した。

これが伏見の本音ということか。

「駄目ですわ」

やんわりとお勢は抗う。

「構わぬ」

伏見はのしかかってきた。

「先生、いけません」

お勢はもがいた。しかし、優男の見た目とは裏腹に、伏見の力は思いのほか強かった。

「駄目です」

全身に鳥肌が立ち、背中を悪寒が走る。

伏見は最早、返事をしない。

にやけた顔でお勢を見下ろし、愛の言葉を囁《ささや》いてきた。

「いや」

お勢は娘のような声を発した。

すると、

「伏見さん」

と、月栄尼の声が聞こえた。

伏見の身体が浮いた。すかさず、お勢は伏見から逃れる。乱れた襟元を整える。月栄尼がやって来た。

伏見は何事もなかったように月栄尼を迎え、

「今宵は月見にはうってつけの夜でござるぞ」

と、夜空を見上げた。

月栄尼も月を愛で、

「まこと、よい月ですこと」

「今宵はみなのために振る舞い酒をしました」

「そのようですね。みなさんの喜ぶ顔を見たかったですね」

月栄尼は言った。

「では、お休みなさい」

お勢は二人に挨拶をして立ち上がった。


お勢のために用意されたのは離れ座敷であった。八畳間に布団を敷き、お勢は三味線と撥を確かめた。

「おかしい」

お勢は呟いた。

三味線催眠術が伏見には通じなかった。自分の問いかけに伏見は乗ってこなかった。女たらしの本性を露《あらわ》にしたものの、それはお勢が意図したことではなかった。

通用しなかったということか。

「どうしたんだろう……」

信じられない。

あの女たらしに自分の技が通じなかったとは。

お勢は悶々とした夜を過ごした。


江戸城では水野と鳥居が角《つの》を突き合わせていた。

昨日、またしても打ち壊しが起きた。

芝《しば》の米屋三軒が襲撃されたのだ。

救民、大塩一味を騙る者たちは無法な振る舞いをし、今回も子供を含む大勢の男女が犠牲になった。米ばかりか銭、金もごっそり奪ってゆく大塩一味は野盗《やとう》と変わらない。いや、救民を掲げる分、卑劣《ひれつ》な連中であった。

「いくらなんでも、最早見過ごしにはできんぞ」

水野は怒りを鳥居にぶつけた。

「では、日輪塾の摘発に動きますか」

鳥居は返した。

「やむを得ぬな」

「お美代の方さまの方は大丈夫ですか」

「構わぬ」

水野は右手をひらひらと振った。

「まことよいので……」

「どうした、不満か」

「そういうわけではございません。御下知《ごげち》のままに」

鳥居は声を大きくして承知した。

それからおもむろに、

「高島秋帆の罪ですが、そろそろ、きちんとした吟味を行うべきと存じます」

断固として鳥居は主張した。

「高島を何の罪で断罪するのだ」

「ですから、抜け荷でございます」

「脇荷であろう」

「脇荷ではなく、れっきとした抜け荷でございます」

鳥居は粘る。

「その証はあるまい」

水野は渋った。

「ですから、吟味を致したいのです。吟味をすれば、高島の罪状はおのずと明らかとなります」

「そう、せくな」

「水野さまらしくございませぬ」

「何がじゃ」

水野は顔を歪ませた。

「迅速さに欠けるのです。この間にも高島は抜け荷の証を消し去ってしまいます」

鳥居は突き出た額を汗で光らせた。

「海防が急務となっておる折、高島は必要じゃぞ」

水野は言った。

「そうでしょうか」

鳥居は首を捻った。

「エゲレス、オロシャの船が日本の海を侵《おか》しておる。海防は喫緊の課題。よって、砲台の設置も決めたではないか。砲台を作って、大砲を用意せずとはいかなることになろうぞ」

「砲術ならば、高島以外にも適材はおります」

「代わりの者を探す猶予《ゆうよ》はない」

水野は吐き捨てた。

「猶予を設ければよいと存じます」

鳥居は半身を乗り出した。

「エゲレスやオロシャに待ってくれとでも申すのか」

水野は失笑を漏らした。

鳥居は真顔で、

「異国船打ち払い令を止めるのです。そして、文化《ぶんか》の薪水《しんすい》給与令を復活させるのです」

「異国船打ち払い令を止めよとな」

水野はむっつり黙り込んだ。

「はい。異国船を砲撃することは止め、立ち去らせるようにすればよろしいかと。幕府財政が好転し、国力が充実し、打ち払いが可能になった段階で、再び打ち払い令を出せばよいと存じます」

「しかしな」

水野は躊躇った。

「ならばお聞きします。今月にもエゲレスもしくはオロシャが江戸湾に侵入してきたとして、打ち払うことできましょうか」

「それは……」

「かりに砲撃をしたとしまして、反撃をされたら何とします。遠く蝦夷地で砲撃を受けるのではないのです。江戸の町に砲弾が落ちたなら」

「それはない」

言下に否定したものの水野の声音には、自信のなさを表すようにいつもの力強さがない。それを見逃す鳥居ではなかった。

「絶対にないと申されますか」

突き出たおでこを水野に向け、問いかけた。

「可能性は低い……と、思う」

「そうでしょうか。水野さまは大塩平八郎がオロシャから帰ってくるという噂を無視されますか」

鳥居は語調を強めた。

「まさかそなた、大塩がオロシャから帰ってくると申すか」

「いくらなんでも、そのようなことはないと存じます。しかし、オロシャの脅威《きようい》を煽り立てる者がおるのです。オロシャの脅威を煽り立てることにより、利を得る者がおるということです」

鳥居は力説した。

「誰じゃ」

水野は乾いた声で問いかける。

「一人は高島秋帆、もう一人は江川太郎左衛門」

「そなた、よほど江川を恨んでおるな」

「個人的な恨みではございません。五年前、大塩が死んだ直後から大塩は生きているという流言《りゅうげん》が飛びました。その際、江川は大塩がオロシャに逃亡したという考えを示しております。今回、大塩がオロシャから帰ってくるという噂の源《みなもと》は江川です」

鳥居は断じた。

「江川が大塩の亡霊を利用しておると申すか」

「まさしく」

「勘繰り過ぎであろう。大塩騒動は日輪塾の仕業じゃ。早く潰せ」

「南町で動くことはできません。お力を失ったとは申せ、お美代の方さま所縁《ゆかり》の私塾でございます」

「月栄尼か」

水野は苦虫を嚙み潰したような顔をした。

「しかし、一つ考えがございます」

「申せ」

「芥川を使ってはいかがでしょう」

鳥居の提案に水野は答えなかったが反対はしなかった。

「ならば、芥川に」

水野の承認を得た鳥居は立ち上がった。

六

奉行所役宅で鳥居は芥川を引見《いんけん》した。芥川に向かって小判二百両を向け、

「日輪塾を潰せ」

と、命じた。

「潰せとは……」

「伏見隼人なる男を殺すのだ」

乾いた声で鳥居は命じた。

「承知した。しかし、いいのか。大塩騒動の黒幕は江川だとしたいのだろう。伏見を黒幕としてしまっては、江川を追い込むことができんぞ」

芥川は念押しした。

「だから、その辺のところをうまくやるのだ。よいか、伏見が大塩騒動の黒幕であることは明白じゃ。奴は塾生どもを扇動し、やりたい放題。死者が出る騒ぎとなっては奉行所として放ってはおけぬ」

鳥居の目がどす黒く淀んだ。

「伏見の黒幕はどうする」

「月栄尼か」

鳥居は思案するように腕を組んだ。

「どうせなら一緒に始末した方がよかろう」

「いや、月栄尼には手を出すな。日輪塾は、そして大塩騒動は伏見がいなくなれば治まる」

「もう二百両だ」

芥川は右手を差し出した。

鳥居はむっとして、

「欲深い男だな。よかろう、もう二百両出す。但し、ちゃんと伏見の息の根を止めてからじゃ」

「よかろう」

芥川はにんまりとして承知した。

「申しておくが、くれぐれも南町は関わりないことだぞ」

「わかっておるさ。信用しろ」

芥川は右手をひらひらと振った。

「ふん、仕事次第じゃな」

鳥居はにんまりとした。

次いで、

「いつ伏見を殺す」

「そうさなあ……明日の夜にでもするか」

芥川はまるで花見でもするかのような呑気《のんき》な調子で言った。

「よかろう」

鳥居はそれも了承した。

「さすがは妖怪奉行さまだ。一石二鳥だな。邪魔者二つを一度に始末しようというのだからな」

「ふん、一応、褒め言葉として受け取っておく」

鳥居は言った。


その日の夕刻、犬山が鳥居の役宅にやって来た。

「芥川の素性、わかったか」

鳥居の問いかけに、

「それが」

犬山はおどおどとしている。

「わからんのか」

「ふらふらとしておるというか、いつの間にか、消えてしまうのが常なのです」

「それでも、おまえは同心か」

鳥居は叱責《しっせき》を加えた。

「申し訳ございません」

犬山は這《は》い蹲《つくば》る。

「見失ってどうするのだ。余所見《よそみ》でもしておったのであろう」

「決してそのようなことはございません」

必死で犬山は言い立てる。

「わしはな、そなたを見込んだ。同心としての腕を買ったのだ。それが、高々、痩せ浪人一人の素性を確かめることができぬとは、情けなき奴め」

鳥居の叱責は続く。

芥川に散々翻弄《ほんろう》された悔しさを犬山にぶつける。

「申し訳ございません」

犬山は必死に詫びた。

「余所見でないとすると、おまえは芥川に尾行されていると気づかれていたことになる。いずれにしても八丁堀同心としての技量を疑うぞ」

鳥居は追及をやめない。

「そうなのですが……」

犬山は迷う風だ。

鳥居の勘が働いた。

「どうした、何か気になることがあれば申してみよ」

「芥川という男、心の一方なる妖術めいた兵法を使いますが、尾行の際にも妖術めいたものを使われたような気がしたのです」

犬山は思案するように斜め上を見た。

「申せ」

鳥居は苛立《いらだ》ちを募らせた。

「それが、拙者は間違いなく追い、船宿を見張っておったのです。しかし、いつの間にか姿を消してしまいました」

犬山は尾行して見失ってしまったと訴えた。

「余所見をしておったのではないな」

鳥居は断じた。

「断じてそのようなことはございません」

犬山は強い口調で言い切った。

「奇妙な男よな」

鳥居は首を捻った。

「今度こそ、素性を暴きます」

「その必要はない。今はな」

犬山は半身を乗り出す。

「明日の夜、芥川は日輪塾の主宰者伏見隼人を殺す。それをしかと見届けよ」

鳥居は命じた。

「何故、芥川が伏見を」

犬山の問いかけに、

「わけは聞かずともよい」

ぴしゃりと鳥居は撥ねつけた。

「承知しました」

犬山は深々と頭を垂れた。


外記は日輪塾にやって来た。

炊き出しを手伝っているお勢と目を合わせると、お勢は行列を縫いながら、こちらにやって来た。

「ちょいと、先に小さなお稲荷さんがあるの。そこで待ってて」

お勢に言われ、外記は首を縦に振った。

稲荷で待つことしばし、お勢がやって来た。周囲に人気《ひとけ》がないことを確かめてから、

「伏見に三味線催眠術をかけたのだけどね」

お勢は伏見に催眠術が通じなかったことを話した。

「ふ〜む、それは妙だな」

外記も首を捻った。

「しばらく使っていなかったから、腕が鈍《にぶ》ったのかしらね」

お勢は小さくため息を吐く。

「どんな具合であったのだ」

「暖簾に腕押しというか、こちらの技に乗ってこないというか」

「そなたが伏見から何かを引き出そうと探りを入れておることを、やつは疑っていたのか」

外記の問いかけに、

「そうでもないの。わたしのことを疑っているようには見えなかった。三味線催眠術に対して警戒をしていたわけじゃなかった。なのに、まったく素通りをしてしまったような、そんな気がしたの。……ま、いいわ。また、機会を狙ってやってみるわよ」

自分を励ますようにお勢は言った。

「次はちゃんとかかるであろう。一度くらいのしくじり、気にするな」

外記も励ますしかなかった。

外記と別れ炊き出しに戻ると、

「お勢さん、やっぱり三味線、うまいものだね。昨夜は先生も喜んでいらしたわよ」

お福が言った。

「そうかしらね。先生、気分よく飲んでいらしたかしらね」

お勢は首を傾げた。

すると、

「ちょいと、あの目つきの悪い男」

お福は女房たちに声をかけた。

お勢が見ると、なるほど目つきの悪い男がこちらの様子を窺っている。身形からして八丁堀同心のようだ。

「ちょっと、文句を言ってやるよ」

お福はすたすたと八丁堀同心の方へ歩いて行った。お勢もついて行く。

「何か御用でしょうか」

お福は八丁堀同心に声をかけた。

「いや、炊き出しをやっているとは感心だなと思って見ておった」

同心は南町の犬山だと名乗った。

「犬山の旦那ですか。ご覧の通り、人助けをしていますんでね。妙な勘繰りはやめてくださいよ」

気丈にもお福は言い募った。犬山は動ずることなく、

「そりゃ、ご立派だ。塾をやってなさるのは伏見隼人って先生だな」

「そうですよ」

「ずいぶんと懐具合がいいようだが、何をやっておられたんだ」

「先生を探るんですか」

「おいおい、そう突っかかってくるなって」

犬山はあくびを漏らした。

「施しがありますんで、邪魔にならないようにしてくださいね」

お福が言うと、犬山はにやにやしながら立ち去った。

七

翌日は朝から晩まで雨だった。

残暑厳しき毎日とあって、暑気払いになると日輪塾の女たちは喜んだ。雨天とあって、炊き出しは行われておらず人気はない。

蓑《みの》と笠で雨を凌《しの》ぎながら犬山は伏見を見張った。芥川が伏見を殺すと鳥居は言っていた。鳥居が芥川による伏見殺害を知っているということは、鳥居の依頼……。

鳥居は芥川に伏見を殺させるのだ。

わけは知りたくはない。鳥居のやることに疑問を差し挟んでは生きてはいけない。

犬山はそぼ降る雨の中、息を殺して張り込みを続けた。

夜八つ（午前二時）を告げる時の鐘が響くと、母屋から伏見が出て来た。空色の小袖、草色の袴が雨に煙っている。青々とした剃り跡の坊主頭が見えたかと思うと、番傘で遮られた。

伏見は日輪塾を出ると、浅草田圃の畦道を浅草寺に向かって歩き出した。

間合いを取り、犬山は尾行を始めた。

幸い、闇と雨のお陰で気づかれる心配はない。そうはいっても、慎重に尾けろと己に言い聞かせる。今度こそ、尾行に失敗したら、鳥居は激怒し、同心を首にされる。

伏見はぬかるんだ道にもかかわらず、軽やかな足取りで浅草寺の裏門から境内に入った。犬山も続く。

早足で境内を抜け、伏見は何処かへと向かう。

こんな夜更け、しかも雨の中、伏見は何処へ行くのだろう。馴染みの料理屋か、それとも芸妓《げいぎ》の家といったところか。

女にもてるという伏見のこと、通う女は数多いるのではないか。芥川は伏見の行動を把握《はあく》しているのか。今夜は何処でどんな女と楽しむ、とまで知っているのかもしれない。

得体の知れない男ゆえ、探索上手であっても、意外な気はしなかった。

町人地や武家屋敷の間を進み、やがて伏見は神田川にかかる新《あたらし》シ橋《ばし》に至った。橋を渡り、柳原土手を両国へと向かう。

と、浅草橋の手前で、柳の木陰からすっくと一個の影が現れた。犬山は目を凝らす。

肩まで垂れた髪を総髪に結い、顔中を髭が覆っている。

まごうかたなき芥川源丞である。

伏見は立ち止まった。

芥川は伏見に駆け寄り、抜刀すると袈裟懸《けさが》けに振り下ろした。

「うお〜」

伏見の断末魔の叫びが雨天に吸い込まれた。

番傘が切り裂かれ、伏見はよろめいた。

芥川は納刀し、伏見に向き直ると両手で突き飛ばした。

伏見の身体は神田川にざぶんと落ちる。水嵩《みずかさ》を増した濁流《だくりゅう》にあっという間に呑みこまれてしまった。

芥川は浅草橋の方へ遁走《とんそう》した。

追うことも忘れ、犬山は棒立ちになっていた。鳥居の命令は殺害の確認だけで、芥川を捕縛する必要はないので、追うことはない。

芥川が伏見を殺すことはわかっていたが、それにしても芥川の斬撃《ざんげき》は凄《すさ》まじかった。

妖術使いとばかり思っていたが、芥川源丞は恐るべき武芸者だ。

第四話　対決　心の一方

一

伏見隼人は芥川源丞に殺され、日輪塾は閉鎖に追い込まれた。こうした状勢の中、外記は本所南割下水にある韮山代官所の江戸屋敷を訪れた。

残暑が幾分か和らいだ七月二十日の昼下がりである。

母屋の座敷に通され、

「大塩騒動、一件落着ということになりましたな」

江川は白湯《さゆ》ですがと断ってから外記の前に湯呑みを置いた。質素な江川の暮らしぶりを目の当たりにし、好感を抱く。

「伏見隼人という男、中山法華経寺の子院、智泉院の僧侶であったとか」

「月栄尼どのが吟味にかけられておりますが、その証言によりますと、伏見は相当にもておったそうです」

月栄尼はあくまで自分が鳥居、水野への意趣返《いしゅがえ》しにやったことだと話し、お美代の方の関与を強く否定している。

「水野、鳥居はお美代の方さまの養父中野石翁を失脚させました。石翁の失脚がお美代の方一派の凋落《ちょうらく》に繋がり、ひいては実父日啓の遠島、智泉院の破却へと繋がったのです。水野、鳥居に石もて追われた石翁は恨みを呑んで死に、お美代の方の無念はいかばかりでありましょうかな」

江川は感慨深そうに言った。

ここで外記が、

「実は中野石翁失脚に際して、わたしは働いたのです」

自嘲《じちょう》気味《ぎみ》な笑みと共に告げた。

外記は水野の依頼で中野石翁失脚の密命を遂行したことを話した。

「その時は、まさか、水野、鳥居がこのような政を行うなどとは思ってもおりませんでした。亡き大御所さまの君側《くんそく》の奸《かん》を除かねば、改革は遂行できないという水野の考えに賛同しました。結局、権力が右から左に移っただけです。中野石翁やお美代の方から水野、鳥居が権力を奪い、また民を苦しめております」

外記は小さくため息を吐いた。

「外記どのはご自分の役目を果たされただけですよ」

江川はにこやかに言った。

弱々しくうなずいて外記は言った。

「それにしましても、伏見隼人と称した智泉院の僧侶日念《にちねん》、大塩平八郎の亡霊を使って水野さま、鳥居どのを揺さぶるとは考えたものです。何しろ、大塩平八郎が暴いた不正無尽に手を染めた幕閣の中に水野さまはおりましたし、大塩に探索を命じたのは鳥居どのの実父、林述斎さま……」

五年前、大塩が憤死してから箱根山中で見つかった大塩の密書を江川は読んでいる。そして、その後、大塩の密書は幕閣によって握りつぶされたことも重々承知していた。

江川は外記の言葉を受け、

「鳥居の実父、林大学頭さまは大塩と懇意にしておられたにもかかわらず、見殺しにした。その罪悪感は死ぬまで持ち続けたことでしょう。そこをつかれ、鳥居どのもさぞやお困りであったでしょうな」

「思いもかけず、伏見隼人こと日念が死に、水野、鳥居、ご両人はほっと安堵《あんど》したことでしょう」

ここで江川は話題を変えた。

「ところで、水野さま、異国船打ち払い令を取りやめるおつもりだとか」

江川の口ぶりには悔しさが滲んでいる。温厚な江川には珍しい。異国船を打ち払うべく江戸湾に砲台を築けと水野は命じた。その舌の根も乾かぬ内に、異国船打ち払い令を撤廃する水野の処置に憤慨《ふんがい》しているのだろう。

「何故、水野さまは異国船打ち払い令を撤廃されるのですか」

外記も意外な思いがした。

「今、いたずらに異国船を刺激すべきではないということになったのだとか」

残念ですがと、江川は唇を噛んだ。

ふと思いついたように外記は問いかけた。

「ひょっとして、撤廃の裏に鳥居どのが暗躍《あんやく》しておるのではござらぬか」

「鳥居どの、砲台設置に自分の意見が通らず、わたしの意見が採用されたことに憤慨しておるということですな。その腹いせに打ち払い中止を水野さまに進言したことは十分に考えられます」

江川も納得するようにうなずいた。

「それと、高島秋帆どのの捕縛。それも、砲台設置への横槍《よこやり》かもしれませんな」

「外記どのの申される通りでござろう。鳥居甲斐守《かいのかみ》どの、つくづく、困った御仁です。今は、私怨で政を歪めておる場合ではないのに……。異国から日本を守らねばならぬのに……己が面子《メンツ》や権力のために御公儀の政を壟断《ろうだん》するとは……」

深い嘆《なげ》きと共に江川は言った。

「鳥居どのは高島どのの次は江川どのを追い落とそうとするでしょう。くれぐれも用心されよ」

「承知した」

江川は返事をしたものの、外記の不安は拭《ぬぐ》えなかった。


一方、南町奉行所の奉行役宅の庭に面した座敷で、芥川は鳥居と面談していた。食膳と酒も用意されていた。手柄を立てたことで、芥川の処遇が良くなった。

「約束の金だ」

鳥居は金子を芥川に渡した。

芥川は礼も言わず、当然のこととして受け取った。

「伏見隼人こと智泉院の坊主、日念を斬った。月栄尼も寺社奉行からの吟味を受けておる最中、日輪塾は閉鎖だ。お美代の方もこれで完全に力を失うだろう。お美代の方一派は息の根を止められる。されど、それでよいのか」

芥川は無精髭を手で撫でた。

「ふん、よいわけがなかろう」

鳥居は小鼻を鳴らした。

「そうであろうな。おぬしにとって、お美代の方だの、日輪塾などはどうでもいい。狙うは江川太郎左衛門だものな」

「当たり前だ。そのために、おまえを雇ったのではないか。おまえ、何をしておるのだ」

鳥居は憮然《ぶぜん》となった。

「伏見を先に潰せと言ったのはおぬしだぞ」

芥川は憤然《ふんぜん》として言い返した。

図星だけに、

「それはそうじゃが……」

苦虫を噛み潰したような顔で鳥居は口を閉ざす。

言い負かして気をよくし、芥川は鼻歌をはじめた。無骨な容貌とは不似合いに上手であるため、鳥居は不快な気持ちを高めることなく、

「して、おまえ、江川を陥れる方策はあろうな」

「大塩騒動の黒幕は、伏見隼人と月栄尼だと世間に明らかになった以上、江川を大塩騒動

の黒幕だと弾劾するわけにはいくまい」

芥川は蒔絵《まきえ》銚子《ちょうし》を取り、杯を清酒で満たすとぐびりと飲んだ。

「いや、そうでもないぞ」

鳥居の目が暗く淀んだ。

「悪知恵が湧いたか」

芥川はからかうかのように笑みを投げかけた。

「大塩騒動はまだ収まっておらん。真の黒幕がおるという流言《りゅうげん》を、南町の隠密同心どもに流させる」

「江川太郎左衛門こそが真の黒幕ということだな」

「そういうことだ」

「しかし、ただ真の黒幕がいると噂を流しただけでは弱いぞ」

「だから、日輪塾から収奪した大塩所縁《ゆかり》の品々があったであろう」

「それを江川の屋敷に紛れ込ませるのか」

「そうじゃ」

「でっち上げが得意な妖怪奉行さまでも強引に過ぎるぞ。第一、どんな名目で江川屋敷を探索するのだ。たとえ、おれが江川の屋敷に大塩所縁の品々を紛れ込ませたとしても、町奉行所が探索するにはよほどの名目がないとな」

　芥川の考えは鳥居の弱点をついたようで、鳥居は苛立った。

「ならば、他に何か考えはないか。代案を示せ。わしの考えの揚げ足を取ってばかりでは仕方あるまい」

　声を裏返らせ憤る鳥居をからかうように、芥川は悠然《ゆうぜん》と杯を重ね、箸の先で里芋《さといも》を突き刺した。次いで、突き刺した里芋を鳥居の前で左右に振り、

「江川が大塩と親しかったとする証だ。それを示す密書を手に入れればよい。大塩との間で文のやり取りがあったことを示す証拠があればよいのだ。南町奉行所が江川屋敷に踏み込むまでもなかろう」

「その文をでっち上げるということか」

　鳥居の問いかけをいなすように芥川は里芋を口に放り込んだ。もぐもぐと咀嚼しながら答えた。

「できるだけ、もっともらしい文書に仕立てねばならぬぞ」

「ならば、作ってみろ。しかし、うまい具合に密書の偽造などできるものか」

　鳥居は首を捻った。

「それについては一つ、思い当たることがある」

おもむろに芥川は言った。

「なんじゃ」

「中野石翁が失脚した時、石翁の筆遣いをそっくりに真似た偽の文が何者かによって作られ、それがきっかけで石翁は失脚したそうだな。あんた、目付として石翁を吟味したのだろう。その時に使った偽書作成の者がいたはずだぞ」

「その通りだ」

「その偽書、誰が作ったのだ」

「それは……」

鳥居は記憶の糸を手繰り寄せるように虚空を見上げてから、

「菅沼外記だ」

「菅沼外記、たしか、おぬしが心の一方と似た術を使うと申しておった男だな」

「そうじゃ」

「菅沼外記は公儀御庭番であったのか。して、今はどうしておる」

「死んだと申したはずだ」

「そうだったな」

芥川は答えてから、

「しかし、菅沼外記、配下の者は生きておろう。中野石翁の文書を偽造したのは、菅沼外記本人ではなく配下の者だろう」

「その者を使おうと申すのか。やめろ。文書の偽造など、他にも出来る者がおる」

「石翁を失脚させた程の腕を持つ者に頼むべきと思ったのだが、まあ、よい」

「ともかく、偽書でも何でもよい。江川を追い込め」

「わかった。焦らず吉報《きっぽう》を待て」

芥川は吸い物を啜った。

「ならば、しかと頼むぞ」

鳥居は話を切り上げようとした。

吸い物の椀《わん》を食膳に置き、芥川は言った。

「ところで、犬山とか申す同心、いい加減、鬱陶しい。ここらで、おれのことを嗅《か》ぎ回るのをやめさせろ」

「あいつ、おまえを探っておったのか」

惚ける鳥居に、

「今後、おれを嗅ぎ回っておったら、斬る、そう伝えろ」

芥川は席を立った。

鳥居はむっと押し黙ったたま芥川を見送った。

芥川がいなくなってから、

「藤岡」

と、藤岡を呼ばわった。

おっとり刀で藤岡がやって来る。

「酒をもて」

鳥居は命じた。

二

芥川に続いて犬山が鳥居の引見を受けた。

芥川と違って庭先で片膝をつき、濡れ縁であぐらをかく鳥居を見上げている。

「犬山、おまえという奴は、つくづく使えぬ男よな」

いきなり鳥居にののしられ、犬山は不服そうに顔を歪めたが、不満を悟られまいと面《おもて》を伏せた。

「おまえの尾行、芥川に見通されておったぞ、馬鹿者が」

鳥居は深酒で頬を赤らめ呂律《ろれつ》も怪しい。鳥居のねちっこい性格が酒で助長されてもいる。こうなると、下手な言い訳はしないに限る。

「申し訳ございません」

ひたすら声を高め、犬山は額を地べたにこすりつけた。

「馬鹿めが。詫びしか言えぬか。役に立たぬ、犬よりも劣《おと》る男め」

鳥居は罵声を浴びせた。

黙って耐え、鳥居の怒りが頭上を通り過ぎるのを待つ。

しばらくすると犬山を叱責することに飽きたようで、鳥居は表情を落ち着かせた。

「芥川の素性はもう探らなくてよい」

意外な命令である。

鳥居といえば、そのしつこさが持ち味だ。こうと狙いをつけたものはとことん追及し、目的を達するまで決して諦めることはない。それが、芥川探索を中止させるとは意外だ。

「わかったか」

鳥居は念押しをした。

「承知しました」

犬山が承知をすると、自分の命を撤回することの不名誉を思ったのか、

「おまえが間抜けだから、探索を中止させるのだ。さよう心得よ」

「重ねて、申し訳ございません」

「馬鹿の一つ覚えばかり申しおって。ま、よい」

鳥居は憂《う》さが晴れたのか、それ以上は犬山を責め立てることはなかった。

「御奉行、伏見殺し、南町が探索せずにおっても、北町が乗り出すかもしれませぬ。念のため、下手人を用意したほうがよいと存じますが」

おそるおそる犬山が問いかけると、

「余計なこと、せずともよい」

言下に鳥居は否定した。

「承知しました」

釈然としないまま犬山は奉行所役宅を去った。


その日の夕暮れのことだった。

大川の河口に男の亡骸が打ち上がった。男は袈裟懸けに斬られたようだ。

着物は流されてしまっており、顔も損傷が激しく、面相は定かではない。ただ、坊主頭であることから何処かの寺の僧侶と思われた。年格好からして二十路《ふたそじ》半ばと見立てられた。

僧侶であろうということで、自身番で身元の探索が行われた。

あくる日、大川に打ち上がった亡骸は日輪塾の主宰者、伏見隼人ではないかと判断された。伏見だと証言したのは月栄尼であった。

鳥居は知らぬ顔をしている。

犬山も関わりを避けた。


七月も晦日《みそか》を迎えた朝、犬山が同心詰所《つめしょ》から、そろそろ出ようとしているところへ、女が面談を求めているという。

ようやくのこと残暑は去ろうとし、爽やかな風が江戸の町を吹き抜けてゆく。大威張りで横たわっていた入道雲に代わって鰯雲が白く空にかかっていた。町廻りにはありがたい秋の訪れである。

犬山は面談者を待ち受けた。

入って来たのは日輪塾のお福であった。

「なんだ、おまえか」

浮かない顔で犬山は応じた。

「おまえかはないでしょう。旦那、ご存じでしょう。伏見先生が殺されなすったこと」

お福は会うなり捲し立てた。

「ああ、知ってるよ」

あくび混じりに犬山は答えた。

「それでね、旦那」

お福が言い寄った。

「下手人を挙げろってか」

腰の十手を抜き、犬山が羽織の袖で拭き始めた。

「違うんだよ。伏見先生を探して欲しいんだよ」

「馬鹿、伏見は大川の河口で土左衛門《どざえもん》になって打ち上がったじゃないか。あ、いや、溺れ死にじゃないから土左衛門じゃないがな」

ふふふと犬山は苦笑を漏らした。

「だからね……」

ここでお福は声を潜め周囲を見回した。同心たちは町廻りに出かけていった。詰所には犬山とお福しかいなくなった。

犬山が、

「どうしたんだ」

「大川で浮かんだ亡骸、伏見先生じゃないんだよ」

お福は言った。

「そんな馬鹿な」

犬山は一笑に付した。

「馬鹿なじゃないよ。本当だよ」

「だけどな、月栄尼さまってお偉い尼さんが伏見隼人だって証言をなさったんだぞ」

「月栄尼さまが伏見先生だってお見立てになったように、確かに姿格好は先生に違いないんだけど、あの仏さんは先生じゃないよ」

「どうしてわかるんだよ」

犬山は興味を引かれた。八丁堀同心の勘が疼いたと言ったらよいか。

「そりゃ、あたしと先生は深い仲だったからさ」

少し照れながらお福は答えた。

犬山は十手をくるくると回し、にやっと笑って返した。

「そういうことか。で、伏見の身体に何か目印でもあったのか」

「先生はね、右の股《また》の付け根に黒子《ほくろ》が三つあったんだ。小さいのがね」

お福は言った。

「仏《ほとけ》にはなかったんだな」

犬山の目が光った。

「だからさ、あれは人違いだよ。旦那、先生を探しておくれな」

お福は両手を合わせた。

「よし」

犬山は請け合ったものの、鳥居が何と言うか。それに、お福は知る由《よし》もないが伏見が殺されたのは間違いない。大川で打ち上がった亡骸は別人だというに過ぎない。おそらく、伏見の亡骸は大川の底に沈んでいるか、江戸湾に流れ出てしまったのだろう。

探すだけ無駄だ。

「よくわかった。探してみるよ」

心とは裏腹に犬山は言った。

そんなこととは知らないお福は、

「頼むよ」

強く頼んでから出て行った。

お福は日輪塾に戻った。

潰されてしまったが、何人かが後片付けをしている。その中にお勢もいた。

お勢はお福を見ると、なんだか懐かしい顔を見たような気持ちになった。

「伏見先生の亡骸が大川で浮かんだって、聞いたんだけど」

お勢の問いかけに、

「それがね、先生じゃなかったんだ」

笑みを浮かべお福は答えた。

「ええ、どういうことなの」

「それはね」

犬山に説明した伏見の肉体的な特徴について語った。

「そうだったの」

お勢はどう言っていいのかわからないように、言葉を詰まらせた。

「南町の犬山って目つきの悪い同心に会って先生を探してくれるよう頼んできたんだけどね。どうも心配だよ。だって、あの犬山って男、何を考えているかわからないだろう」

「確かにね」

お勢はうなずいた。

「あたしたちも探そうか」

「でも、餅《もち》は餅屋よ。こういうことは、町方に任せた方がいいわよ」

お勢は言った。


その日の夕暮れ、外記はお勢の訪問を受けた。

「どうした」

「日輪塾の伏見だけど、大川で浮かんだ亡骸は伏見じゃないようだよ」

お勢は説明した。

「ということは、亡骸は見つかっておらぬということか」

「そうなんだけど、なんだか、単純に亡骸が見つかっていないだけかもしれないけど、もっと裏があるような気がするのよ」

お勢は首を捻った。

「もし伏見が生きているとしたら、大塩騒動、まだ続くかもしれぬな」

「それもあるけど、日輪塾も別な形で存続しているのかもしれないわ」

お勢は目を輝かせた。

「うれしそうだな」

「父上の探索のほうはどうなのよ」

「それがな」

外記は苦い顔をした。

「なんだかすっきりしないわね。真中さんは何か言ってきたの」

「心配せずともよい」

「そうかしら」

「大丈夫だ」

太鼓判《たいこばん》を押したものの外記に根拠はなかった。

亡骸が見つからなくとも伏見隼人が生きているとは限らないが、お勢が聞きこんできた話により、外記は伏見の死に疑念を抱いた。

そもそも、雨の夜に一体何処へ出かけようとしたのだろう。女の所なのか。

「どうしたの父上、浮かない顔をして」

お勢の問いかけに、

「お勢、殺された夜の伏見の行状《ぎょうじょう》、調べてくれ。何処へ行こうとしたのか、気にかかる」

外記は疑問を口に出した。

「そう言えばそうね。殺されたことにばっかり囚《とら》われていたわ。ほんと、何処へ行こうとしたのかしら」

お勢も首を捻り、調べると請け合った。

あくる日は月が改まって八月一日である。お勢は日輪塾でお福と会った。

「伏見先生、一体、何処へ行きなすったんだろうね」

お勢の問いかけに、

「正直言うと、もう生きていないと思うわ。生きていたらさ、ここに帰って来るでしょう」

お福は小さくため息を吐いた。

実際、あれからもう十日以上が過ぎている。ひょっとして、襲われて身に危険を感じ、何処かへ逃亡したとも考えられる。

「あの、それでね、思ったんだけどさ、あの雨の中、一体、何処へお出かけになったのですかね」

お勢は疑問を投げかけた。

「ああ……そうよね、先生、何処へ出かけたんだろう」

お福も疑問に感じているようだ。

「雨が激しくなっても、わざわざ出かけるって、よほど大事な所だったのではないのかね」

お勢に言われ、

「そうね……」

お福は思案を始めた。

「もしかしてね、伏見先生は生きているとして、あの晩に行こうとした所に潜んでおられるかもしれないわよ」

お勢の考えに、

「あ、そうか……」

お福は心当たりがあるようではっとした目をした。

「なに、何処」

お勢は意気込む。

「いや、確かじゃないからね」

お福は言い淀んだ。

「この際だよ。話しておくれよ」

お勢は懇願した。

「ええっとね、いや、あたしが確かめるよ。直接、出向いてこの目で確かめる」

「それなら、あたしも行くよ」

お勢も意気込んだ。

「でも」

「いいって」

あまりにも熱心なお勢に、

「お勢さん、ひょっとして先生に惚れたの」

警戒心を呼び起こしたのか、お福は表情を硬くした。

「惚れたわよ」

「まあ……」

「でも、あたしだけじゃなくって、ここで働いている女たちはみんな先生に惚れているじゃない」

からからとお勢は笑った。

すると、お福も警戒心を解き、

「そうだよね」

と、応じた。

「じゃあ、行こうか」

お勢が声をかけると、

「あの、すんませんが」

男が入って来た。

「おや、あんた、よく施しを受けに来てた……あいにくだけど、日輪塾は潰れてね、施しもできなくなったんだよ」

お福が言うと、

「違うんですよ。あっしゃね、大工で門太《もんた》っていいますが、あっしの仲間で仁吉って奴のことでやって来やした」

門太はお福とお勢を交互に見た。

「どうしたの」

お勢が問いかけると、

「仁吉の奴、伏見先生にすっかり感化されちまって、大塩一味だのって騙りやがって打ち壊しに参加したんですがね、それきり行方が知れないんですよ」

困ったと門太は首を左右に振った。

「町方に捕まったんじゃないの」

お福が答えた。

「いや、北町にも南町にも行ったんだけど、仁吉は捕まっていなかったんだ」

「逃げたんだよ」

「そうかな、でも、先生のお役に立つんだって、張り切っていたんだよ」

「そんなに張り切っていたの」

お勢が問いかけると、

「何しろ、侍の格好までしてやがったからね」

門太は馬鹿な奴だと言い添えた。

「侍の……」

お勢は言うとお福と顔を見合わせた。

「もし、仁吉を見かけたらあっしが心配しているって、大工の仕事に戻れって、そう言ってくださいよ」

強く言い置いて門太は去った。

門太がいなくなってからお勢とお福は顔を見合わせた。

お勢が、

「仁吉って男、先生の身代わりになったんじゃないかしら」

「あたしもそんな気がするわ」

お福も賛同した。

「じゃあ、先生は身の危険を感じていて、仁吉を身代わりにした。侍の格好をさせたのはそういうことよね」

お福は言う。

「ひょっとして、大川で浮かんだ亡骸は仁吉だったかもしれないわ」

お勢もお福の考えを受け入れた。

三

犬山は胸のもやもやが消えなかった。

伏見が死んだのは間違いない。この目で見たのだ。それでも、胸にわだかまりが残っている。

それならと、日輪塾を張り込んだ。

そこで、お福と炊き出しを手伝っていた女のやり取りに耳をすました。お福たちは雨の夜に、伏見が何処へ出かけたのか気にしている。

なるほど、その通りだ。

犬山はお福たちを尾けることにした。


お勢はお福と共に日輪塾を出ると、浅草寺の境内を通り抜けた。

「何処へ行くの」

お勢の問いかけに、お福は柳橋《やなぎばし》とだけ答えた。実際、浅草寺の風雷神門を抜けると蔵《くら》前《まえ》通りを柳橋方面へと向かってゆく。すぐに蔵前に出る。左手に幕府の御蔵が軒を連ねている。大塩騒動が起きている渦中とあって、警戒がなされている。

蔵前を通り過ぎ、柳橋に至った。船宿が並んでいる。

ここでお福は立ち止まり、

「実はね、船宿の一軒に先生が入って行くのを見たんだよ」

それは日輪塾が開かれてすぐの頃であったそうだ。お福は声をかけようとしたが、かけそびれたのだそうだ。

「先生の顔つきがね、とっても怖かったの」

温和な伏見とはまるで別人であったそうだ。

「そんなに怖かったの」

お勢が確認すると、

「あんな先生を見たことないわ」

お福は肩をそびやかした。

「何処の船宿」

お勢は軒を連ねる船宿を見回した。

「ええっと」

お福はきょろきょろしながら船宿の看板を探す。すると、

「ここだと思ったけどね」

お福は立ち止まった。

夕凪という船宿だ。

お勢が、

「中に入ってみようか」

と、船宿の中に入った。

船宿の女将が出てきた。お福が、

「こちらに、伏見隼人っておっしゃるご浪人さん、いらしてませんか」

唐突《とうとつ》な問いかけに女将は口をあんぐりとさせたが、怪訝な表情ながらも、

「いらっしゃってませんよ」

「何度か来ていらっしゃいますよね」

「さあ、よくわかりませんけど」

女将はつっけんどんな物言いになった。見知らぬ女たちにあれこれ聞かれて、客のことをぺらぺらしゃべるとも思えない。それを裏付けるように女将は唇をきっと引き結んだ。すっかり警戒心を抱かせてしまったようで、何を聞いても答えてくれそうにない。準備不足だったとお勢は悔いた。

お勢は詫び、お福を連れて船宿を出た。

その時、犬山がこちらの様子を窺っているのが目の端に映った。しかし、素知らぬ顔で、

「やっぱり、わかんなかったわね」

と、お福に語りかけた。

「そうね、何度か見かけただけじゃや、女将さんだって、覚えていないのも無理ないわよ」

お福は返した。

「さっきの門太さんに、お仲間の仁吉さんの亡骸かどうか、確かめてもらってからもう一度探そうよ」

お勢の考えに、

「そうだね、そうしようか。もし、あの仏が仁吉さんだとしたらさ、先生は生きているって可能性が高くなるわね」

お福は希望の光が見えたようだ。

「じゃあ、あたしは、これで、失礼するよ」

お勢はお福から離れ、天水桶に近づいた。犬山を横目に通り過ぎる。犬山が立ち上がった。

お勢は振り返った。

「犬山の旦那」

お勢は声をかけた。

犬山はにんまりとした。

「わしを知っておるのか」

「だって日輪塾を窺っている目つきの悪い同心さんだって評判でしたもの」

お勢はからっとした調子で言った。

「そうか、そいつは悪かったな」

「旦那、お福さんから伏見先生を探すよう頼まれたんでしょう」

「ああ」

「だったらさ、あたしたちを尾けるんじゃなくて、ちゃんと探してくださいよ」

お勢は迫った。

「ああ、探すさ」

犬山は生返事をした。

「じゃあさ、ちょいといいネタを差し上げましょうか」

「伏見の居所を教えてくれるのか」

「そんな調子のいいことじゃござんせんよ」

お勢は門太から聞いた仁吉のことを話した。死んだ魚のようであった犬山の目が見開かれた。

「ほう、そうか。すると、伏見は仁吉という大工を身代わりに立てたかもしれないのだな。つまり、伏見は自分が狙われていることに気づいていたということか」

犬山はふむふむと思案した。その顔つきは生き生きとしている。八丁堀同心として、探索の糸口を摑み、勇《いさ》み立っていることがわかる。

「旦那、伏見先生が襲われるってこと、ご存じだったのじゃないんですか」

お勢の追及をかわすように犬山は横を向き、

「この宿でな、ちょっと、面白いものを見たんだ」

犬山は言った。

「伏見先生をお見かけしたんじゃありませんか」

お勢が問いかけると、

「違う」

犬山は思わせぶりに言葉を止めた。

「焦らさないでくださいな」

すねたようにお勢は言う。

犬山は薄笑いを浮かべ、

「おれはな、ある浪人を追ってこの宿に至った。その浪人はこの宿に入った。そして、その浪人こそが伏見を斬ったのだ」

「じゃあ、その浪人を捕まえればいいじゃないですか」

「ところが、その浪人、手強いときておる」

「腕が立つのですか」

「一時、読売を騒がせた浪人だ。御老中水野越前守さまの行列に道筋をつけた、妖術を使う者だ」

芥川源丞だとお勢は心の中で叫んだ。

芥川が伏見を殺したのか。そして、伏見は芥川に襲われることを想定して身代わりを立てた。

「旦那、ちゃんと、伏見先生のこと探しておくれよ。それと、その浪人も捕まえなきゃ。人殺しを見過ごしにしていいわけないわよ」

釘を刺してからお勢は足早に立ち去った。

夕刻になり、橋場鏡ヶ池の外記宅にお勢がやって来た。

母屋の居間で向かい合い、

「何かわかったたか」

外記の問いかけに、

「成果ありよ」

お勢は、伏見が身代わりを立てたこと、そして伏見を殺したのは、

「芥川源丞だったんだよ」

と勢い込んで話した。

「芥川がな」

外記は驚きはせず疑念を抱いた。

「どうしたの」

いぶかしむお勢に、

「芥川が伏見を斬ったのはいかなるわけからであろうな」

「大塩騒動の黒幕とわかったから」

「そうかもしれぬが、芥川は鳥居に雇われておる。鳥居が芥川に期待しておるのは、大塩騒動の黒幕に江川どのを仕立てることだ。仕立てるにあたって真の黒幕たる伏見が邪魔になったということか」

「そうじゃないかしらね」

「そうかもしれぬが、なんだか妙な気がするな」

「どうしたの……」

「伏見が殺されたのは柳原土手であったのだな」

「そうだよ」

「犬山は日輪塾から伏見の後を尾けていた。伏見はどうして、蔵前通りをそのまままっすぐに進まなかったのだろう。わざわざ、神田方面に遠回りになるような道筋を辿《たど》ることはあるまい。雨も降っておったのだしな」

「尾けられていることに警戒をしていたのかもしれないわよ」

「いや、わしにはわざと尾けさせていたような気がするな」

「何のために」

「芥川に斬られるところを犬山に見せるためだ」

外記は語調を強めた。

「ふ〜ん、そういうことか」

お勢の両目がかっと見開かれた。

「お勢、船宿の女将から話を聞き出せ」

「三味線催眠術を使うの……」

「なんだ、その情けない声は」

「自信なくしてしまったもの。伏見隼人には通じなかったんだもの」

「自信をもってやれば必ずうまくゆく」

外記は力づけた。

二度、三度、首を縦に振ってから、

「そうだね。やってみようかね」

自分を励ますように胸を叩いて、お勢は承知した。

「さて、楽しくなってきたぞ」

「父上、何かわかったの。教えてよ」

「その内な」

大口を開け、外記はがはははと高笑いをした。

「意地悪」

お勢は口を尖らせた。

四

外記は本所南割下水にある韮山代官所江戸屋敷にやって来た。すると、表門脇の天水桶の陰から芥川が姿を現した。

「おう、しばらくだな」

芥川は気さくに声をかけてきた。

「丁度いい。貴殿に確かめたいことがある」

「なんだ」

「日輪塾の伏見隼人を斬ったのは貴殿か」

ずばり、外記は問いかけた。

芥川は抜けぬけとした物言いで、

「斬ったぞ」

と、認めた。

「何故、斬った。まさか、鳥居に頼まれたわけではあるまい」

外記の問いかけに、

「いかにも鳥居に頼まれたのだ。四百両もらったぞ」

「鳥居は何故貴殿に頼んだ。打ち壊しが激化し、さすがに、放っておいては町奉行所の権威にかかわるからか」

「伏見は大奥の醜聞に関わっておったからだ」

芥川は言った。

「醜聞とは……」

「中山法華経寺の子院、智泉院の醜聞を知っておるだろう」

「大奥の奥女中たちが智泉院の僧侶と逢瀬を楽しんでおった一件だな。住職の日啓はお美代の方の実父であるため、永らく御公儀は見て見ぬふりをした。それを昨年、寺社奉行の阿部正弘が摘発した」

「そうだ。摘発できたのはお美代の方の養父で大御所の側近、中野石翁が失脚したからだ。しかし、お美代の方一派は水野、鳥居への恨みを忘れておらん」

「水野、鳥居への意趣返しに大塩平八郎の亡霊を使ったわけか」

「その通り。ここらで、伏見の息の根を止めることにしたというわけだ」

「なるほど、日輪塾はお美代の方一派がやっておったということか。それで、今後いかにするのだ。鳥居は江川を大塩騒動の黒幕に仕立てることで追い詰めるつもりであったのだろう。それが伏見が黒幕とわかったなら、その陰謀《いんぼう》は使えぬぞ」

外記の問いかけに、芥川はふふふと笑い、

「わかっておる。よって、別の手立てを考えておる」

「どうするのだ」

「そなた、江川の筆跡を盗めぬか」

唐突な芥川の頼みに一瞬言葉を失ったふりをしてから外記は問い返した。

「江川の筆遣いを真似て偽書を作るのか」

「そんなところだ」

芥川はふふと笑った。

「よし、任せておけ」

外記は請け合った。

お勢は三味線を片手に船宿へとやって来た。女将はお勢の顔を覚えていて、

「あら、おまえさん」

と、怪訝な顔をした。

「ちょいと、部屋を借りたいんだけど」

お勢は言った。

「待ち合わせですか」

「そうじゃないんだけどね、三味線を弾きたくなったの。うちでは弾けないんだよ」

常磐津の稽古所をやっているのだが、このご時世でさっぱり入門者がいなくなり、自宅で弾いているのだが、亭主と喧嘩してしばらく家に帰れないと言った。

「そうですか、それは、大変ですね。いいですよ、二階は空いていますから」

女将に言われ、お勢は階段を上った。

神田川を見下ろすことができる部屋の窓を開け放った。まずは、ぽろんぽろんと弾いた。声の調子もいい。

最後の船が戻り、女将が上がって来た。

「やはり、いい音色ですね」

女将はうっとりとした。

「女将さん、三味線が好きかい」

「まあね。あ、そうだ。今日は暇だから、軽くどうですか」

女将は猪口をあおる格好をした。

「いいね」

お勢は相好《そうごう》を崩した。

「ちょいと、待っててくださいね」

いそいそと女将は階段を下りる。お勢は今度こそ催眠術をうまくかけようと、三味線を強く握った。

程なくして女将は徳利《とつくり》と小鉢を盆に載せて戻って来た。小鉢は佃煮《つくだに》であった。

「まずは一杯」

女将の酌を受け、お勢は飲んだ。

「いい飲みっぷりですね」

そう言う女将もいい飲みっぷりである。二人はしばらく、さしつさされつの飲み食いをした。

いい頃合いだとお勢はおもむろに三味線を弾いた。

「いいね」

酒で火照《ほて》った目元、女将はうっとりとなった。

「お好きな曲は」

「お任せしますよ」

女将は言った。

お勢は撥を大きく頭上に上げ、さっと振り下ろす。

「女将さん」

優しく呼びかける。

「なんですか」

女将の目元がとろんとした。

「ちょっと、聞いていい」

「なんですか」

「伏見隼人先生、知っているわよね」

「知ってますよ」

「よく来るの」

「時々……」

「だれと」

「女の人だよ～」

「どんなひと」

「とても高貴なひと」

「へえ、それは」

女将の言葉に躊躇いが滲んだ。

お勢は撥をゆっくりと、とにかくゆっくり、そして優美に動かした。

時が沈んだ。

部屋の中に靄《もや》がかかり、女将は蓮《はす》の花の上に座したような心地となった。仏の掌《てのひら》で遊んでいるような、お花畑で戯《たわむ》れる自分が見えた。

「女将さん、教えて」

観音菩薩《かんのんぼさつ》のようなお勢の声が響き渡る。

「滝川さまですよ」

女将はとろんとなった声で答えた。

「滝川さまって誰なの～」

「元は大奥でお美代の方さま付きの上臈、今は月栄尼さまですよ〜」

お勢は撥の動きを止めた。

伏見の日輪塾は月栄尼が援助している。そして、月栄尼は大奥の上臈、滝川であった。

伏見と月栄尼は日輪塾で顔を合わせているのに、船宿でも会っていた。船宿で会うということは、日輪塾では知られてはならない仲、すなわち男女の仲であったに違いない。

「伏見先生と月栄尼さまは深い仲だったのね」

「そうですよ」

「二人の馴《な》れ初《そ》めはなに〜」

「智泉院ですよ」

「あの、大奥の醜聞が起きたお寺ね。じゃあ、伏見先生って何者なの」

「伏見先生は智泉院のお坊さん、日念さん、それはとても男前で評判のお方でしてね、滝川さまといい仲だったのですよ」

二人は智泉院ばかりか、この船宿でも逢瀬を重ね、舟遊びもしていたそうだ。

「伏見先生が殺された夜、月栄尼さまはここで待ってたのかい」

「いいえ」

「待っていなかったの」

「月栄尼さまは、あの晩はいらっしゃいませんでしたよ」

「それなのに、どうして伏見先生はここに来ようと思ったのかしら」

「知りません」

忘我《ぼうが》の顔つきながら女将の言葉に嘘はなさそうだ。すると、伏見は何のためにここに来たのだろう。

「ところで、芥川って浪人も来たことがあるだろう」

「ありますよ」

うっとりとなって女将は答えた。

「芥川も女と逢瀬を楽しんでいたのかい」

「そうですよ」

「相手はどんな人だい」

「月栄尼さまですよ」

「月栄尼さま……」

思わずお勢は声を上げた。

撥の動きが止まった。

女将は目を彷徨《さまよ》わせ、口が半開きとなった。

「芥川と月栄尼さまが、どうして深い仲になったのよ」

「智泉院ですよ」

「芥川も僧侶だったの」

「芥川は日念ですよ」

「あら……、でも、日念は伏見先生なんでしょう」

「そうですよ」

「どういうこと……ああ、まさか、芥川と伏見は同一人物なの」

お勢は撥を落としそうになった。

「同じ、同じ〜二人は一人〜」

女将は歌い始めた。

そんなことがあっていいのか。お勢は呆然となった。

そこへ、

「御免ください」

来客である。

お勢は撥を高く振り上げてひときわ高く三味線を鳴らした。

はっとしたように女将は背筋をぴんと伸ばした。

五

その日の夜、外記はお勢から芥川源丞と伏見隼人が同一人物であることを報告された。

鏡ヶ池にある外記の家の庭を皓々《こうこう》とした月明かりが照らし、ばつは気持ち良さそうに眠っている。

「驚いたわよ」

お勢は西瓜を食べながら驚きを示した。

外記は黙っている。

「父上、どうしたの」

「いや……芥川じゃなくて伏見……いや日念か、ま、いい。芥川としよう。芥川は結局のところ、大塩騒動を利用し、水野、鳥居への復讐を企てたということか」

「きっと、そうよ。どうするの」

「芥川と対決だ」

「気送術と心の一方の対決なのね」

「そういうことになるな」

外記は表情を引き締めた。

「勝てる……わよね」

お勢の睫毛《まつげ》が心配げに揺れた。

「勝つしかあるまい。お美代の方さまと中野石翁への鳥居、水野の仕打ちは陰険だが、日啓のことは元々は身から出た錆だ。贅沢三昧に暮らし、寺で不義密通を楽しんだ報いだ。それを逆恨みし、大塩平八郎を使って民を惑わし、罪なき大勢の男女、しかも子供の命まで奪うとは断じて許せぬ。正真正銘、救民のために起ち上がった大塩も草葉の陰で芥川の悪行を弾劾しておるに違いない。こたびは、水野、鳥居はひとまず置き、芥川源丞を成敗する」

外記は熱っぽく長広舌《ちょうこうぜつ》を振るった。口調ばかりか、双眸が輝き、頬が紅潮する様は気送術を放つ時のようである。


翌日の昼下がり、水野屋敷に文を送り、芥川を呼び出した。初めて会った近所の稲荷である。

芥川が鳥居を潜ってくるなり、

「芥川源丞、すなわち中山法華経寺子院、智泉院、僧侶日念」

外記は呼びかけた。

芥川はしばらく無言でいた。

しかし、外記を睨みつけてからやおら手を頭にやった。そして総髪を引っ張る。総髪はするりと抜け落ち、つるりとした坊主頭が現れた。次いで髭も取り払われる。

芥川源丞とはまるで別人、眉目秀麗な青年僧にしか見えない男が現れた。

「日念、いや、芥川でよいか」

「好きに呼べ」

「ならば、呼び慣れておるゆえ、芥川でゆく」

外記の言葉に芥川は軽くうなずく。

「そなたにばかり、素性を明かさせては申し訳ないな。ならば、わしも素顔を明かす」

日念は静かにうなずく。

「菅沼外記、元公儀御庭番だ」

外記は名乗った。

芥川は口を閉ざし、まじまじと外記を見ていたが、

「ほう、貴様が菅沼外記か……なるほど、おまえ、生きていたのか」

と、にたりとした。

「わしを知っておるのか」

「鳥居から聞いた。おれと似たような術を使う者がおった、と。その者こそが公儀御庭番、菅沼外記。そうか、貴様がな……うれしいぞ。菅沼、貴様、おれに近づいて来たわけは何だ」

「江川太郎左衛門どのを鳥居から守るためだ」

「おれが鳥居に雇われて江川を大塩騒動の黒幕に仕立てること、防ごうと思ったのだな」

「そうだ。ところが、そなたの目的はそうではないらしいな。江川どのを陥れたいという鳥居の目論見に便乗して鳥居、水野への仕返しを企んでいるのだろう」

外記の指摘に、

「その通りだ」

「素直だな」

外記は微笑んだ。

「菅沼、おまえは何故死んだふりをしておるのだ」

今度は芥川が問いかけてきた。

「わしはな、水野越前に命を狙われた。口封じのためにな」

「水野はどうして貴様の口を封じようとしたのだ」

「わしが中野石翁失脚工作を担ったからだ」

簡単に外記は石翁失脚工作について説明をした。

「ほう、中野石翁の偽書を作ったのか」

芥川の口調は熱を帯びた。

「その顔は知っているようだな」

「菅沼外記どのの目は誤魔化せぬな。その通り、知っておる。これは都合がよい。鳥居を罠《わな》に嵌《は》めるため、前にも頼んだが、江川の筆遣いを真似て偽書を作ってくれ。江川と大塩が懇意にしていたという偽書をな」

「おやすい御用だ」

外記は請け合った。

「やはり、貴様も鳥居には恨みがあるのだな」

「ああ、意趣返しをしてやらねばな」

「共に鳥居を追い込んでやろうぞ」

芥川は喜んで受け入れた。

「ところで、そなた、心の一方を何処で身につけたのだ」

「おれは智泉院の僧侶になる前、修験者だった」

芥川は幼い頃から修験道の修行を積んだ。全国の山々を歩く内、鞍馬山中《くらまさんちゆう》で一人の武芸者と遭遇した。武芸者は二階堂平法の達人にして、心の一方の使い手であった。

「おれは、心の一方を見て会得したいと武芸者に頼んだ。武芸者はおれを見込んでくれた。自分の代で心の一方が途絶えるのを気に病んでいたそうだ。伝えられる者を是非とも探していたのだとか」

武芸者は芥川以前にも修験者でこれと見込んだ者に心の一方を伝授しようとした。しかし、それに応えられる者はいなかった。

芥川は武芸者の期待に応え、半年程の修行で成功したのだとか。

「会得できるまで、武芸者との修行は地獄の日々だった」

修行を思い出したのか芥川は怖気《おじけ》を震った。そんな芥川の様子に外記はふと気がついた。

「武芸者が貴様を見込んだのは、修験者として優れていただけではあるまい」

「なんだと」

優男然とした芥川の顔が歪んだ。

「図星のようだな」

「なんだ、はっきり申せ！」

芥川の目が吊り上がった。

「衆道《しゅうどう》……武芸者は男色であったのだろう。貴様を見て性欲をかきたて、心の一方を餌に貴様への欲望を遂げた……違うか」

淡々と外記は考えを述べ立てた。

芥川はしばらく黙り込んでいたが表情を緩ませ、

「武芸者め、修行の間、昼だろうが夜だろうがおれを求めてきた。おれは耐えた。耐えている内に、こいつの精気《せいき》を取り込んでやろうと思った。おれは武芸者の精気を取り込み、心の一方をわが物とした。ちなみに、その武芸者は芥川源丞と申した。容貌はまさしくおれの扮装通りであった。髪を総髪に結い、顔は髭で埋まり、くたびれた着物、まこと汚らしい男であったわ。ついでに教えてやる。伏見隼人は本名だ。芥川の扮装を解いた時、おれは素顔に戻るのだ」

微笑んで見せた。

素顔の自分は見かけ通りの優しい男と言いたいのだろうか。

だが、こいつは素に戻っても残忍無比な男であることに変わりはない。塾生を扇動し、大塩一味を騙らせて打ち壊しを行わせ、大勢の男女、子供に至るまで殺戮《さつりく》させた悪鬼《あっき》なのだ。

敢えて外記は反論せず、

「心の一方を会得してから、芥川と別れたのか」

「永久に別れた。毒を盛ってやったのだ」

芥川は吐き捨てた。

「それから江戸に流れてきたのだな」

「おれはな、芥川から心の一方の他に性戯も学び取った。芥川と共に京の都を徘徊し、女をさらっては慰みものとした。芥川はおれに女の悦《よろこ》ばせ方を仕込んだ」

「芥川は両刀使いであったのか」

「違う。あいつは、女を抱いたおれと交《まじ》わるのを好んだのだ。おれは女を抱き終えると、芥川に抱かれたのだ。時に女と交わっている真っ最中にあいつはおれを求めた。おぞましい限りだが、これが江戸で役立った」

芥川は智泉院に立ち寄ると、日啓に気に入られた。芥川の美貌と性戯は大奥の奥女中連中を取りこむための大きな武器となったのだ。

「中野石翁は芥川源丞を頼れと家来どもに遺言した。石翁には智泉院で知遇《ちぐう》を得たのか」

「そうだ。おれが水野越前に兵法指南役として召し抱えられたのは、水野の懐に飛び込むためであったが、兵法指南役そのものに就きたかったからでもある。石翁に心の一方を披《ひ》露《ろう》し、あわよくば将軍家兵法指南役に推挙してもらおうと思った。しかし、石翁は心の一方を賞賛したものの、将軍家にはふさわしくない邪《よこしま》の兵法だと推挙を断った」

その時の悔しさが蘇ったようで芥川は唇を震わせた。

「その恨みから、石翁の家来たちを助けなかったのだな」

「おれの兵法を邪道扱いしおって……死に際に己の恨みを晴らさんがためにおれを頼ったとて力など貸せるか。とは申せ、石翁がおれの力を認めていたことは痛快だったがな」

「石翁との繋がりはわかった。それで、智泉院が破却されてからも月栄尼とは関係を続けていたのだな」

「月栄尼はおれから離れられなくなったが、お美代の方の仕返しを水野、鳥居にしたいと熱望しておった。月栄尼やお美代の方は水野が不正無尽に手を染めていたことを知っていたし、大塩平八郎の弾劾を握りつぶしたことも承知していた。鳥居の父、林大学頭が大塩を見殺しにしたこともな」

「それで、大塩を使って水野、鳥居への復讐を企んだのか」

「それだけではない。箱根山中で大塩の密書が見つかったと耳にしたのだ。密書の宛名、すなわち大塩に不正無尽の探索を依頼したのが林大学頭だとも知った」

「正二郎から聞いたのだな。どうして正二郎に近づいた」

「智泉院が破却されてから、おれは食わせてくれる女を見つけ、方々渡り歩いていた。その一人がお竹だ。お竹とはせいぜい三日も過ごせばよいと思っていたが、面白いことを聞かせてくれた。よく通ってくる韮山代官所の手代が、箱根の山中で大塩平八郎の密書を見つけた、とな」

芥川は芥川源丞の扮装でお多福に通い、正二郎に接近し、密書の宛先が林大学頭であったと突き止めた。

「お竹は自害だったのか」

「殺した」

「何故だ。用が済んだからか」

「ばれたんだ。ある夜、芥川源丞の扮装を解いたところへ、お竹が戻って来た。口封じというわけだな」

悪びれることなく芥川は言った。

腸《はらわた》が煮えくり返りそうになった。拳を握り、必死の思いで我慢する。

お竹への憐憫《れんびん》を示すどころか芥川は得意になって続けた。

「水野、鳥居への復讐は月栄尼の願いを受けてだが、月栄尼の協力を取り付けて金儲けを企んだ。日輪塾を開き、馬鹿な塾生どもを焚《た》きつけて大塩一味を騙らせ、打ち壊しの名の下に金品の略奪をやった。儲かったぞ。石翁の家来どもを助けなかったのは金を儲けたかったからだ。あいつら、水野への仕返しができればそれでよしと考えておったからな。おれに石翁への忠義に死ぬいわれはない」

「そのために大勢の男女が殺された。子供までもだ」

落ち着けと自分に言い聞かせつつも口調が尖ってしまう。芥川は気にする素振りも見せず、

「あれは塾生どもの暴走であったが、死者が出たことで水野、鳥居への批判が高まって好都合だった」

「貴殿の身代わりとなった大工がおったな」

「仁吉か。あいつは喜んで身代わりになった。自分が殺されるとも知らずにな。おれを殺そうとする者をおびき寄せるのだとおれの扮装をさせた。つゆほども疑わずに指示に従ったさ」

これ以上、芥川と語る気になれなくなった。

「明日の昼、偽造文書を渡す。江川が大塩騒動に便乗して鳥居失脚を謀ったことが明らかとなる文書だ。鳥居は大喜びするぞ」

外記はがははと高笑いをした。

「よし、明日の昼八つ半、向島《むこうじま》の中野石翁邸の跡地で受け取る」

芥川は言った。

「なるほど、鳥居追い落としを謀る場にはふさわしいな」

外記は承知した。


翌日、外記は芥川から指定された向島にある中野石翁の屋敷跡へとやって来た。

夏草が生い茂り、燦々《さんさん》とした日輪の光が降り注ぐ跡地は一年と三月ばかり前とは一変している。贅を尽くした庭には、季節の花々が咲き乱れ、池には黄金色の鯉が泳いでいた。驚いたことに、将軍しか許されなかった鶴《つる》まで飼われていたのだ。

木々は伐採《ばっさい》、建物全てが破却され、往時を偲《しの》ぶよすがはない。ただ、井戸だけがぽつんと取り残されていた。

戦国の世に喩《たと》えるなら落城といったところか。兵《つわもの》どもが夢の跡である。

芥川がやって来た。

正体を明かしたにもかかわらず、肩まで垂れた髪を総髪に結い、顔は髭まみれ、粗末な小袖によれよれの袴、芥川源丞の扮装だ。

「菅沼外記、よくぞ手伝ってくれた。礼を申す」

芥川は一礼した。

外記は芥川に偽造文書を手渡した。芥川は目を通す。芥川が文書を読む間、外記は口から息を吸い、ゆっくりと吐く丹田呼吸を繰り返した。全身を血潮が駆け巡り、双眸が輝きを放ち、頬が紅潮する。

いつでも気送術を放てる態勢になった。

芥川は文書を確認し、懐に仕舞った。

「よくやってくれたな。もう、用済みだ」

芥川は冷たく言い放った。

「わしを始末するか」

「おまえは知り過ぎたからな。生きていられては災《わざわ》いとなる」

灌木《かんぼく》の陰からうじゃうじゃと男たちが現れた。町人である。救民とかかれた筵旗《むしろばた》を掲げ、外記を取り巻く。みな、その目はうつろであった。

外記は身を屈め、丹田呼吸を繰り返した。

「大塩一味！」

「救民」

男たちは外記に迫ってきた。

「でえや！」

外記は右手を差し出した。

熱風が吹きすさび、閃光が走った。

眼前に陽炎が立ち上る。陽炎の揺らめきの中、町人たちが立ち止まったかと思うと、相撲取りに張り手を食らったように一斉に吹き飛んだ。

間髪を容れず、身体を回転させながら外記は気送術を放つ。

男たちは次々と弾け飛んだ。

芥川が、

「なるほど、それが気送術か」

「いかにも」

外記は芥川に向いた。

「面白い。ならばおれにもかけてみろ」

芥川は胸を張った。

改めて外記は丹田呼吸を繰り返した。芥川は悠然と立ち尽くしている。

「でやあ！」

ひときわ気合いを込めて気送術を放った。

芥川が陽炎に揺らめく。

背後の灌木の枝が大きくしなった。

しかし、芥川は微動《びどう》だにしない。

もう一度、

「でやあ！」

渾身《こんしん》の気を集中させた。

が、今度も芥川はぴくりともしない。お勢の三味線催眠術が通じなかったのも無理はない。

「どうした」

芥川は嘲笑った。

勝ち誇る芥川を睨み返したものの、外記は打ちのめされた。

こんな屈辱はない。

気送術が通用しないとは……。

芥川源丞、恐るべし。外記は化け物と遭遇した気分になった。

「菅沼流気送術、大したことはないのう」

薄笑いを浮かべたまま芥川は近づいて来る。

外記の額から汗が滴り落ちた。背中も汗でぐっしょりだ。外記は後ずさった。芥川は抜刀した。

外記も右手を大刀の柄《つか》に添える。

芥川は無造作に抜き放つや外記に斬り込んできた。

大刀を抜き、刀身《とうしん》で受け止める。芥川の刃が外記の刀身を滑《すべ》る。外記はすかさず抜き胴を放った。

が、

「うむ……」

外記の刃は空《くう》を切った。

前のめりになりながらも芥川の攻撃に備えた。

芥川は左手に三尺程移動していた。

いや、芥川が動いたのではない。外記が横にずれてしまったのだ。

「心の一方か」

外記は唸《うな》った。

「見たか、貴様の気送術に勝るぞ」

芥川は誇らしげに胸を張る。

「なんの」

外記は大刀を構え直す。

芥川は大刀を右手でぶら下げた。

「斬るなり突くなりしてみよ」

芥川の挑発に乗るまいと外記は自分を落ち着かせた。

「どうした。怖気《おじけ》づいたか」

芥川は言う。

外記は無言を貫《つらぬ》いた。

「ならば、こちらからゆくぞ」

芥川は迫ってきた。

髭に埋まった顔の中でむき出しとなった目が血走っている。

外記は一旦大刀を鞘《さや》に納めた。

芥川は大刀を突き出した。外記は横に走る。ざわざわと草むらがなびき、外記の膝に絡まる。

芥川は慌てず、外記に向かってくる。

外記は下ばえに足を取られ、転倒した。

「はははっ、凄腕《すごうで》の御庭番も形無しだな」

芥川は楽しんでいる。

外記は立ち上がろうとした。

そこへ刃の切っ先が突き立てられる。外記は転がる。芥川は楽しむかのように刃を突き立ててくる。

外記は転がる内、やがて灌木にぶち当たった。灌木を背に立ち上がる。

「覚悟しろ」

芥川は大刀を翳した。

と、そこへ、

「待て」

真中正助が走りこんで来た。

「おお、貴様、高尾山中で武者修行しておった奴だな」

芥川は真中に気づいた。

「そうだ」

「菅沼外記配下の者だったのか」

「だったらどうした」

問答無用とばかり、真中は斬り込んだ。芥川は心の一方を駆使することなく、大刀で受け止めるのかと思われた。

しかし、真中の刃は空を切る。びゅんと空気を切り裂く音が虚《むな》しく響いた。

「どうした」

「おのれ」

真中は焦りを募らせた。

「二人がかりでおれに勝てぬか」

芥川の言葉に弾かれたように外記は立ち上がり、真中の横に立った。

「一緒に気送術を放つぞ」

外記の言葉に真中が首肯する。

二人は腰を落とし、心と気を同じくして右手を差し出した。

ひときわ大きな陽炎が立ち上った。

芥川ばかりか辺りの景色が大きく揺らめき、異空間を形作った。

さすがに芥川は片膝をついたが、吹き飛びも倒れもしない。

外記と真中は再度気送術を放った。

芥川は立ち上がるや左手を払う。

陽炎が消え去り、空間の歪みが正された。

「気送術、敗れたり！」

芥川は大刀を八双《はっそう》に構えた。

外記は唇を噛んだ。心の一方を破る術はないのか。

真中が斬り込む。気送術に勝った余裕なのか、芥川は心の一方を使わず剣で真中と渡り合った。

「どうする……」

このままでは自分も真中もやられる。

心の一方とて万能ではないはずだ。人が使う技であるからには、何か隙があるはずだ。

芥川源丞にも弱味があろう。

と、芥川が先ほど語った、心の一方を会得するに至ったという経緯を思い出した。

芥川は言っていた。

芥川の扮装を解き、伏見隼人になると素に戻るのだと。

正体を晒《さら》しながら、今日、奴はわざわざ芥川源丞の扮装でやって来た。

何故だ……。

「そうか」

外記の脳裏に閃光《せんこう》が走り、井戸へと向かった。苦戦しながらも真中は芥川の攻撃を凌《しの》いでいる。

釣瓶《つるべ》で井戸水を汲み上げ、外記は手拭にたっぷりと水を含ませた。次いで、井戸に上ると思い切り跳躍《ちょうやく》した。

外記の身体は弧《こ》を描き、芥川の背後に降り立つ。すかさず、芥川は振り向き刃を向けてくる。

外記は濡れ手拭を芥川の顔面に投げつけた。

手拭は芥川の顔面を直撃した。反射的に芥川の右手が顔面に伸びる。すかさず外記は芥川の総髪を引っ張った。

総髪が脱げ、坊主頭が晒された。

「何をする」

予想外の外記の攻撃に芥川は戸惑いを示した。外記は手拭を拾うと芥川の顔面をこすった。付け髭が外れた。

「男前の顔、見せない手はないぞ」

外記はがははと高笑いをした。

口を半開きにし、芥川は呆然と立ち尽くした。

「心の一方を放ってみろ」

外記は言った。

芥川は左手を広げ前方に突き出した。

しかし、その目は弱々しく突き出した左手はぶるぶると震えている。

外記は大刀を下段に構え、芥川に駆け寄ると横一閃《よこいっせん》に斬り払った。

芥川の胴から鮮血《せんけつ》が噴出し、芥川の身体は仰向《あおむ》けに倒れた。

「お見事」

真中が賞賛の言葉を送ってきた。

血振りをして外記が納刀するのを待ち、

「芥川はどうして心の一方が使えなくなったのですか」

真中は問いかけた。

「伏見隼人、すなわち、素顔に戻ったからだ。こいつは、心の一方を伝授された真の芥川源丞の精魂を吸い取ったがために技を駆使できた。精魂を吸い取り、芥川源丞になり切らねば心の一方は駆使できないのだ。本当に使えないのかどうかはわからない。しかし、芥川自身はそう信じていたのだろう。忌《い》まわしい修行を強いた芥川に仕返しするため、芥川の技を自分の物とした伏見隼人のなれの果てだな」

外記は芥川源丞こと伏見隼人の亡骸を見下ろした。

草むらを血で染めた伏見の死に顔は、芥川とは似ても似つかない白雪の如き清浄さを湛《たた》えていた。この後、心の一方の使い手が現れるとは思えない。芥川源丞と共に滅んだのだ。

秋空を燕《つばめ》の群れが飛んでゆく。

芥川の死は水野、鳥居を利するものだ。これから二人との戦いは激しさを増すだろう。

外記は気持ちを引き締め、拳を握り締めた。


観生寺を訪れた。

周辺の田圃の稲が秋風に揺れている。豊かに実った黄金色《こがねいろ》の稲穂を見ていると、飢饉《ききん》がないことを願わずにはいられない。飢饉がなかったら、大塩平八郎は乱を起こさなかった。今日の大塩騒動も芥川源丞という化け物も出没しなかったのだ。

本堂ではホンファが子供たちに習字を教えている。それほどにホンファは日本語が上達していた。江戸の暮らしに溶け込んだホンファをどうするべきか、外記は判断をしかねている。

美佐江が茶を淹《い》れてくれた。

「大塩騒動、落ち着いたようですね。近頃ではとんと読売も書き立てなくなりました」

美佐江の言葉を受け、

「読売好きの連中、いや、世間は移り気ですからな。大塩を騙る者たちが捕縛されて関心がなくなったのでしょう」

芥川源丞の死後、日輪塾の塾生は鳥居の南町奉行所に悉《ことごと》く捕縛された。打ち壊しに参加した者たちは死罪に処せられたが、加わっていなかった者や炊き出しを手伝っていたお福たちはお咎《とが》めなしとされた。

公儀御庭番村垣与三郎によると、中野石翁失脚と幕閣の不正無尽関与を握り潰した過去が蒸し返されると危惧した水野忠邦の思惑が働いたのだとか。

そのため、月栄尼も江戸処払いで済むそうだ。

芥川源丞こと伏見隼人という凶悪は滅んだが、水野、鳥居の巨悪は幕府中枢に根を生やしている。まだまだ戦いは続くのだ。

「飢饉、起きねばよいのですが」

外記は茶を啜った。

「そうですね。ですが、嵐がこようが地震が起きようが、必ず稲は実ります。お百姓方が一把《いちわ》一把、丹精《たんせい》を込めた稲は大地に育まれるのです」

美佐江の瞳が凛として輝いた。

そうだ。

希望を捨ててはいけない。水野、鳥居という暴風に吹きさらされようと、いつか今日のような秋晴れの空を見ることができる。

外記は一生懸命習字をしている子供たちを見つめた。

自然と頬が緩み、笑みがこぼれた。

光文社文庫

文庫書下ろし／長編時代小説
心《しん》の一《いつ》方《ぽう》　闇《やみ》御《お》庭《にわ》番《ばん》(五)
著者　早《はや》見《み》　俊《しゅん》

2019年10月20日　初版1刷発行

発行者　鈴木広和
印刷　新藤慶昌堂
製本　榎本製本

発行所　株式会社　光文社
〒112-8011　東京都文京区音羽1-16-6
電話(03)5395-8149　編集部
8116　書籍販売部
8125　業務部

ISBN978-4-334-77927-6　Printed in Japan

組版　萩原印刷